Und die Leute in unseren Köpfen riefen: „Ihr kriegt uns hier nicht raus!"
Peter Licht

„Die Sinne des Menschen sind so vergänglich wie er selbst, der Einzelne eine hastende Schimäre auf dem Weg vom Nichts ins Nichts."
Ilija Trojanow

*Das **Mutterkorn** wächst als Parasit auf Getreide und führte im Mittelalter zu Massenvergiftungen aufgrund von verunreinigtem Brot.*
*Aus dem **Mutterkorn** werden die Ausgangsstoffe der psychoaktiven Substanz LSD-25 gewonnen.*

Prolog

Albin saß in seinem schwarzen Panda. Angeschnallt hatte er sich nicht. *Das Auto ist in einer Kurve von der Fahrbahn abgekommen und gegen einen Baum geprallt ... Der Wagen ist gänzlich ausgebrannt ... Die Leiche war nur mit Hilfe des Gebisses identifizierbar ...*

Tellernebel verschlechterte die Sicht, aber Albin gab Gas. Auch als es zu regnen begann, fuhr er nur in den kleinen Ortschaften langsamer. Die Pixies sangen Where is my mind und die Scheinwerfer wischten das Wasser von den Scheiben.

Zu Hause war niemand. Ohne sich die Schuhe abzustreifen, ging Albin in sein Zimmer im Keller des Reihenhauses. Es roch nach kaltem Rauch. Er stieg über Berge aus Kleidern, Joghurtbechern, verschmutzten Tellern, Bierflaschen und Aschenbechern und drehte Musik auf. Dann nahm er einen Brocken grünen Hasch, machte ihn mit dem Feuerzeug heiß, zerbröselte ihn zwischen Daumen und Zeigefinger in eine Schale und vermengte die Krümel mit Tabak. Die Mischung stopfte er in den Glastopf seiner Bong, setzte das Rohr an den Mund und zündete die Mischung an. Das nach Nikotin stinkende Wasser blubberte, bis das Rohr mit weißem Rauch gefüllt war und Albins Mund erreicht hatte. Er öffnete das kleine Loch oberhalb des Bauches. Der Rauch schoss in die Lunge. Dort behielt er ihn, ging in den Nebenraum, um Bier zu holen, sank in den Sessel und blies den Rauch in die Luft. Noch bevor er die Bierflasche geöffnet hatte, brach es aus ihm heraus.

„Wahhhhhhhhhhhhhhhhh!“ Sein Schrei übertönte die Musik. Süßlicher Rauch hüllte ihn ein.

Er schmiss die volle Bierflasche an die Wand, schlug mit der Faust an die gleiche Stelle und brach schluchzend auf dem Bett vor der Holzwand zusammen.

Später rauchte er vier weitere Töpfe und stürzte ein neues Bier hinunter. Albin wankte nicht, als er die Tür öffnete – seinen eigenen Eingang, durch den seine Freunde einlaufen und wieder verschwinden konnten. Auch Almud war oft durch diese Tür gegangen. Der Gestank des Gullys schlug ihm entgegen, aber er nahm ihn nicht weiter wahr. Vor dem Gully lag ein kleiner Zettel: Barmer „Wir helfen Ihnen". Darunter Almuds Schrift: „Das hat nichts zu sagen. Ich musste raus. Bis morgen nach dem Dienst!"

Unter dem Zettel lag eine braune Plastiktüte. Darin fand Albin kleine Lebensretter, Blaue und Weiße, Valium und Dormicum. Er drückte zwei von den Weißen und zwei von den Blauen aus der Zellophanpackung und spülte sie mit Bier hinunter.

Fünf Jahre später kam Albin pünktlich um acht Uhr abends im Pflegeheim HASENBERG an; zwei Gebäude auf einer leichten Anhöhe, umgeben von Wiesen, Feldern und Wäldern. Die roten Schindeln waren schon aus der Ferne zu erkennen. Es roch nach frisch gemähtem Gras an diesem Septemberabend, manchmal wechselten Rehe von einem in das andere Waldstück, manchmal flitzte ein Hase über das Stoppelfeld.

Als Albin seine Stelle angetreten hatte, war er davon ausgegangen, dass sich die Heimleitung um ihre Bewohner kümmern würde. Er hatte von der Straße gehört, die in der Wiese begann und dort auch endete. Eine nutzlose Straße, mit einem nutzlosen Buswartehäuschen, einer nutzlosen Bank, einem nutzlosen Fahrplan und einem Busschild der Linie 36. Auf dem Fahrplan waren alle Abfahrtszeiten und Stationen verzeichnet. In glückseliger Vergeblichkeit warteten die dementen Bewohner auf den Bus, der lediglich in ihrer Erinnerung fuhr. Von Minute zu Minute, Stunde um Stunde, Tag für Tag. Das imponierte Albin und er bewarb sich als Dauernachtwache im HASENBERG. Zugleich wollte er im Schutz der Nacht seine Freiheit zurückerobern.

Albin ging in das Gebäude. Im Speisesaal standen verwaiste Tische mit gestickten Decken und vergoldete Lampen. Auf den Tischen stand das Gedeck für den nächsten Morgen, an den Wänden hingen Aquarellgemälde. Es roch nach Brot und Champignonsuppe. Wer hier seine Mahlzeiten einnahm, zählte zu den Gewinnern im Haus. Manche starben, bevor sie in der Hierarchie der Abhängigkeit aufstiegen.

Frau Meyer humpelte Albin entgegen, den Saum ihrer geblümten, blauen Schürze mit der linken Hand ein wenig angehoben. Darunter sah er hautfarbene Thrombosestrümpfe. Mit der anderen Hand hielt sie sich an einer Holzstange fest, die an der Wand verlief.

„Guten Abend Frau Meyer", sagte Albin, noch bevor sie ihn bemerkte.

„Ahhhh, Grüß Gott Herr Pfleger."

Sie strich ihr frisch geschnittenes, schwarz gefärbtes Haar hinters Ohr und lächelte kokett. Seinen Namen wusste sie noch nicht, da er noch nicht lange hier war. Heute war die fünfte von sieben Nächten: Neun Stunden. Als er ging, lächelte Frau Meyer Albin hinterher.

Wenn man Albin gefragt hätte, ob er einen glücklichen Menschen kenne im Senioren- und Pflegeheim, dann wäre ihm als Erstes und Letztes Frau Meyer in den Sinn gekommen. Sie plauderte den ganzen Tag: mit Schwestern, Pflegern, Ärzten, Küchenpersonal, Bewohnern und mit jedem, der ihr sonst noch über den Weg lief. Einer ihrer Bezugspunkte war die Bushaltestelle. In ihrem Heimatdorf Brünst, einer Fünfzig-Seelengemeinde, hatte es zwar keine Bushaltestelle gegeben, aber Frau Meyer war auch nicht dement. Und sie war intelligent genug, ihren Mitbewohnern nicht zu erzählen, dass sie vergeblich auf den Bus warteten.

Noch als Albin ins Stationszimmer einbog, hörte er ihr freches Lachen. Für einen Menschen, der nicht abhängig war, konnte das Alter eine wahre Freude sein.

Im Dienstzimmer, an dessen Wänden ein Dienstplan und eine Uhr hingen, saßen die Stationsleiterin

Maria und die hagere Hilfskraft Penelope. Sie rauchten, tranken Kaffee und dokumentierten ihre Arbeit. Penelope blies Rauch aus der großen Nase und fuhr sich durch das Stoppelhaar. Albin packte seine Tee-Dose aus. Sie entglitt ihm und krachte scheppernd auf den Boden. Maria und Penelope sahen kurz zu ihm herüber. Er hob die Dose wieder auf, schaltete den Wasserkocher ein und gab viel zu viel Tee in das eigens mitgebrachte Sieb. An den Schrank gelehnt wartete er, bis das Wasser kochte und die Kolleginnen zur Übergabe bereit waren.

Er setzte sich den beiden Schwestern gegenüber. Die mollige Maria musterte ihn, als warte sie nur darauf, dass sich die ersten Schweißtropfen über seiner Oberlippe bildeten. Bei ihr wuchsen dort schwarze Härchen.

Albin wusste nicht, was er noch tun sollte. Er hatte mit den Tabletten (Valium, Rohypnol, Dormicum, Tavor, Dolomo), den Tropfen (Tramal, Valoron, Paracodein) und mit dem Saufen aufgehört und rauchte jetzt nur noch einen Joint am Tag. Gut, am Wochenende waren es manchmal mehr, wenn er mit seinen Kumpels zusammen saß. Warum also dieses Schwitzen? Was musste er noch tun, damit es endlich ein Ende hatte?

Maria begann mit der Übergabe. Albin notierte sich die wichtigsten Vorkommnisse auf einen Zettel.

„Seebald, Seidel, Reich alles o.k. – Willibald ist verwirrt wie immer – wir haben heut den Katheter gewechselt – Urin ist leicht dunkel – ihr Zäpfchen hat sie freiwillig genommen ...“

Maria grinste Penelope an, die nervös zuckte und sich an einem Lächeln versuchte. Albin schaute sie fragend an. Penelopes Gesicht schien ihm heute noch röter, noch aufgeschwemmter zu sein – eine Legion geplatzter Äderchen. Kein Wunder nach 15 Jahren Altenpflege. Angewidert sah er weg.

„Albin. Hallo! Hörst du mir eigentlich zu?", riss ihn Maria aus seinen Überlegungen.

„Ja, klar ... Frau Willibald."

„Genau. Also ganz verstehen tu ich das nicht. Sie hat heut Mittag das ganze Passierte gegessen. Aber scheinbar war sie trotzdem noch hungrig. Und wie ich dann bei der Schiermann abräumen will, sehe ich, wie die Willibald im Bett liegt, lacht und aus dem Mund sprudelt. Ich dachte, sie krampft. Aber dann sehe ich die Zäpfchenverpackung auf dem Nachtkästchen. Eigentlich wollte Monika ihr das Zäpfchen schieben. Die ist aber auf Glocke gegangen und hat's vergessen. Ich hab's dann auch vergessen."

Maria lachte ausgelassen; ihr monströser Busen hob und senkte sich. Sogar Albin und Penelope lachten kurz. Albin war für einen Moment nicht mehr warm.

„Bin ja gespannt, ob das Zäpfchen wirkt", witzelte Maria weiter, „ich denk aber eher nicht. Gib ihr doch später noch eins."

Maria trank Kaffee. Die geschäumte Milch färbte ihren Bart weiß. Albin versuchte, nicht hinzuschauen.

„Diehl hat sich in moderner Kunst versucht. Der hat heut Nachmittag Bett und Bettgitter mit Scheiße beschmiert und auf seinem Nachtkästchen ein kleines Gemälde hinterlassen."

Wieder ein kurzes, kollektives Lachen, trotzdem wurde Albin jetzt wieder wärmer.

In Penelopes Bereich bereiteten lediglich die üblichen Kandidaten Probleme beim Waschen. Tillmann war gestorben, was sich in der letzten Nacht schon abgezeichnet hatte.

Der hat's gut, dachte Albin.

Ansonsten gab es keine besonderen Vorkommnisse, außer dass die hundert Jahre alte Frau Grötz mal wieder davon erzählt hatte, was für ein fescher Kerl der Kaiser Wilhelm gewesen sei. Albin konnte Penelope kaum noch folgen.

„Und wie läufts so?“, fragte Maria mit einem Blick, aus dem Albin nicht schlau wurde.

Sie wischte sich den Milchbart ab. Schweißtropfen sammelten sich über Albins Oberlippe. Er wischte sie so beiläufig wie möglich ab. Doch schon bildeten sich neue Tröpfchen.

„Na ja, es ist schon viel zu tun.“

Er sah Maria nur kurz in die Augen. Sein ruheloser Blick wanderte zu Penelope, über die lackierte Tischplatte, auf die Uhr. Jetzt bildete sich Schweiß auch auf seiner Stirn. Hoffentlich zittert mein Kopf nicht, dachte Albin. Das fehlt noch, dass sie ahnen, was mit mir los ist. Falls sie es nicht längst wissen. Er zog vermeintlichen Rotz nach oben, um ein Zittern zu verbergen.

„Mit dem Tablettenstellen ist die einzige Pause, die ich mache, wenn ich was esse. Sonst arbeite ich die ganzen Nacht durch.“

Er blickte auf die Teetasse. Der Tee war kalt geworden, ohne dass er auch nur daran genippt hatte.

„Du bringst aber doch wohl nicht alle aufs Klo, wenn sie müssen, oder? Die Weber zum Beispiel.“

Wieder Marias Blick. Albins fahrige Hände, seine fahrigen Gedanken in einem fahrigen Körper.

Er spürte, wie ihm der Schweiß die Wirbelsäule hinab rann. Es war erst drei Minuten vor neun.

„Naja ..., ich bringe sie schon aufs Klo."

„Das musst du in der Nacht aber nicht. Sie haben doch eine Windel an. Die anderen bringen sie auch nicht aufs Klo."

Es musste furchtbar sein, in eine Windel zu machen, nur weil niemand da war, der einem aufs Klo half. „Ich mache das aber."

„Dann brauchst du dich nicht zu wundern, wenn du irgendwann kaputt bist." Maria blickte zu Penelope.

Ich bin doch jetzt schon kaputt, dachte Albin. Erleichtert registrierte er, dass der große Zeiger der Uhr auf neun Uhr vorgerückt war. „So, jetzt muss ich aber."

„Ruhigen Dienst und denke bitte daran, der Willibald das Zäpfchen zu schieben, ja?!"

„Ruhigen Dienst", sagte auch Penelope und sah Albin mit einer Mischung aus Mitleid und Bewunderung hinterher.

Im ersten Stock schlug ihm der Geruch von Schweiß, Urin und Stuhlgang entgegen; der Geruch alter Menschen. Die warme Luft des Septemberabends verstärkte den Gestank, obwohl die Fenster auf dem Gang offen standen. Die Kameras in den Ecken empfingen ihn wie stumme Wachmänner. Das Zirpen der Grillen klang falsch. Ohne sich den Schweiß von der Stirn zu wischen, ging er in Müllers Zimmer. Die Ernährungssonde schrie wie ein Baby nach Nahrung. Er schloss die Tür. „Guten Abend Frau Müller."

Frau Müller antwortete nicht. Sie hatte zuletzt vor vielen Jahren geantwortet. Jetzt stellte ihr niemand mehr Fragen. Albin öffnete die Flasche mit der Astronautenkost, nahm einen Plastikbeutel aus der Verpackung und goss den Inhalt hinein.

„So Frau Müller, jetzt bekommen sie wieder was zu Essen."

„Haha, der unterhält sich sogar mit der Alten."

Albin erschrak. Er war nicht sicher, ob er die Stimme wirklich gehört hatte. Zitternd drehte er den Durchflussregler auf und stützte sich am Bett ab.

„Sie wird sich mit ihm sicher nicht unterhalten", fiel eine andere Stimme ein.

Die braune Flüssigkeit, Geschmacksrichtung neutral, sickerte über einen Schlauch zwischen den sich abzeichnenden Rippenbögen in den Magen von Frau Müller. Maria hatte sie nach rechts gelagert, ein Kissen zwischen die Knie, ein weiteres in den Rücken geschoben und darüber die Sommerdecke gelegt.

Albin ging zum Fenster und sah nach draußen. Es war still. Er schlug die Decke zurück, nahm die Kissen heraus, legte Frau Müller auf den Rücken und zippte den Klebeverschluss der Windel auf. Aus Trotz sprach er weiter mit ihr.

„Für September ist es ganz schön warm. Da ist es noch unangenehmer, wenn man eine Windel tragen muss."

„Windel tragen, huhhh, wie vornehm, gerade dass er sie nicht Dame nennt", ging es wieder los.

Ihm war, als hätten ihn die Stimmen in den Bauch geboxt und alle Energie wäre auf einen Schlag mit der Luft aus seinem Körper gedrückt worden. Er hielt einen Packen Einmalwaschlappen unter den Wasserhahn, kommentierte laut was er tat, nahm einen Waschlappen und säuberte den Intimbereich. Dann trocknete er Frau Müller mit einem Handtuch ab und cremte den geröteten Steiß mit Mirfulan-Salbe ein. Als er die Salbe zum ersten Mal verwendet hatte,

hatte er geglaubt, die Bewohner hätten Fisch gegessen. Doch dann hatte ihm eine Schwester erklärt, dass die Salbe Lebertran enthält, zur besseren Wundheilung.

Er wechselte die vollgesogene Windel, lagerte Frau Müller auf die andere Seite und wünschte ihr eine gute Nacht. Bevor er auf dem Gang in das Sichtfeld der Kameras geriet, wischte er sich über die Stirn. Dann hörte er noch eine Stimme, eine Männerstimme. Er versuchte, eine nachdenkliche Miene aufzusetzen und zu unterscheiden, ob die Stimme real war. Es war ein rhytmischer Gesang, militärisch. Er ging einen Schritt nach vorne, stoppte, horchte – er hörte ihn noch immer –, ging wieder einen Schritt. Der Gesang schien real zu sein, er kam aus dem Erdgeschoss.

Er öffnete die Tür und ging die Treppe hinunter. Jetzt verstand er sogar Wortfetzen: „Geist ... in unser'n Reihen ... Straße frei ... braunen Bataillonen."

Braune Bataillonen? Albin erschrak. Faschos? Hier im Pflegeheim. Die Anti-Antifa? Albin lugte um die Ecke. Auf dem grauen Linoleum marschierte Herr Albrecht, barfuß, in seinem blau-weiß gestreiften Schlafanzug, der Hosenbund hing wie bei einem Rapper unterhalb der Hüfte, der weiße Ansatz des Poschlitzes strahlte Albin an.

„Es schau'n aufs Hakenkreuz voll Hoffnung schon Millionen, der Tag für Freiheit und für Brot bricht an", sang er donnernd.

Albrecht strauchelte immer wieder nach rechts. Dabei fielen die verbliebenen Haare, die über die Glatze gekämmt waren, zur Seite. Vor Jahren hatte er einen Schlaganfall gehabt. Trotzdem versuchte er zu marschieren, als wäre er in den besten Jahren.

Albin näherte sich laut, um ihn ansprechen zu können, ohne ihn zu erschrecken.

„Herr Albrecht. Hallo, Herr Albrecht."

„Zum Kampfe stehn wir alle schon bereit."

Singend marschierte er weiter, als säße der Führer auf der Tribüne. Albin fiel ein, dass Albrechts rechtes Trommelfell im Krieg zerfetzt worden war. Auf dem linken Ohr war er fast taub.

„Herr Albrecht! Bleiben Sie bitte stehen!", rief Albin, auch auf die Gefahr hin, damit andere Bewohner zu wecken. Albrecht reagierte nicht.

„Die Knechtschaft dauert nur noch kurze Zeit!"

Plötzlich hatte Albin eine Idee: „Ganze Kompanie Halt, Stillgestanden!", befahl er.

Albrecht kam unmittelbar zum Stehen.

„Soldat, folgen Sie mir!", brüllte Albin, und Albrecht folgte ihm wie ein Rekrut ins Zimmer 103. Dort führte er ihn auf die Toilette, brachte ihn ins Bett und schickte ein zackiges „Wünsche wohl zu ruhn, Soldat!", hintendrein.

„Macht hier einen auf Oberfeldwebel."

„Dabei ist er nicht einmal beim Bund gewesen."

Albin stütze sich im Türrahmen ab und schaute auf die Uhr an der Wand. Schon Elf. Die Aktion mit Herrn Albrecht hatte ihn viel Zeit gekostet. Er musste seinen ersten Rundgang zu Ende bringen und dann Frau Willibald das Zäpfchen schieben.

Wie vermutet schlief Frau Willibald. Im selben Zimmer lag Frau Austerlitz, eine ehrwürdige alte Dame. Beide bekamen jeden Abend vom Spätdienst eine Rohypnol, das ließ sie schlafen. Rohypnol. Ein Wort voller Ruhe. Ruhe, selbst wenn man wach war. Kein Schmerz, keine Erinnerung und auch keine

Stimmen ... Und am nächsten Morgen – wenn man genug davon genommen hatte – wusste man nicht einmal mehr, dass man vergessen hatte.

Den Lichtschalter drückte Albin nicht. Er hasste es, die Menschen mitten in der Nacht zu wecken. Ein Lichtbalken schien durch den Türspalt und legte sich auf die Bettdecke von Frau Willibald. Verbrauchte Atemluft verdickte sich mit verbrauchtem Leben und Schweiß zu einem dicken Brei. Wenn er Frau Willibald das Zäpfchen geschoben hatte, würde er das Fenster öffnen.

„Frau Willibald ... Frau Willibald."

„Ja", antwortete sie mit einem Räuspern.

Eine Atemkloake schlug Albin entgegen. „Ich muss Ihnen ein Zäpfchen geben." Er zog die Bettdecke zurück.

„*Geben, geben*", äfften die Stimmen ihn nach und brachten den Druck in seinen Bauch zurück.

„*Wohl eher schieben, schieben.*"

„*Wollen doch mal sehen, wie er das hinkriegt ohne Licht.*"

Albin brauchte lange, um mit seinen schwitzigen Händen die Verpackung aufzukriegen. „So Frau Willibald, ich geb ihnen jetzt das Zäpfchen".

„Huch, das war aber das falsche Loch", rief Frau Willibald entzückt.

„Entschuldigen sie bitte", sagte Albin mit brüchiger Stimme, „das tut mir leid."

Er musste an Sex denken, wollte nicht an Sex denken, fühlte sich schmutzig, musste an Almud denken, fühlte sich schuldig.

„*Ein Pfleger und seit zehn Jahren süchtig*", gellte es von draußen.

„Ein Mörder, hat eine junge Frau auf dem Gewissen.“

Albin hielt sich die Ohren zu und rannte aufs Klo. Der Druck zog in seine Unterarme, die zu schweren Gewichten wurden. Er war müde, wollte liegen und schlafen. Die Unruhe, die ihm so lange als Treibstoff gedient hatte, war jetzt dabei, seinen letzten Lebenswillen zu ersticken. Er dachte an die kleinen blauen Ruhespender. An König Valium. Aber er ging nicht nach unten, um den Stimmen damit das Maul zu stopfen. Zu groß war die Angst, dass er auffliegen könnte. Zu groß war der Wunsch, sich aus der Abhängigkeit zu befreien. Er klatschte sich eine Ladung Wasser ins Gesicht, trocknete sich ab und ging nach draußen.

Später gab es keine besonderen Vorkommnisse mehr. Der knapp hundert Kilo schwere Herr Voss hatte soviel Stuhlgang, dass die Scheiße an den Seiten aus der Windel quoll und Albin ihm auch das Flügelhemd wechseln musste. Er versorgte die anderen vierzig Bewohner wie jede Nacht: Ihre Windeln kontrollieren und wechseln, sie zur Toilette bringen, ihnen zu trinken geben, ihre Astronautennahrung nachfüllen und sie so lagern, dass sie sich nicht wund lagen.

Im Dienstzimmer machte sich Albin einen grünen Tee. Von Kaffee würde er nur noch mehr schwitzen. Er drehte sich eine Zigarette, stellte Radio Z an und begann mit dem Tablettenstellen. Die Stimmen waren verstummt und er hörte die Musik aus dem Radio: *„Wo fing das an und wann. Was hat dich irritiert. Was hat dich bloß so ruiniert.“*

Er nahm die Tablettenstreifen aus der Verpackung und drückte die Tabletten in die Fächer der blauen Plastikschieber. Er mochte das Geräusch. Drei mal fünf Milligramm Valium, 1-1-1-0, morgens eine – mittags eine – abends eine – nachts keine. Drei blaue Pillen lachten ihn an wie ein weiches, frischbezogenes Bett. Er legte sie in den Schieber. Manche Rezepte aus der Vergangenheit waren nicht für die Zukunft.

Er stellte das Tablett ins Regal, holte sich das Abendessen aus dem Kühlschrank, warf das Schnitzel in den Müll und aß die Nudeln. Sie schmeckten öde.

Es war zwei Uhr, als er in den ersten Stock ging. Frau Wugel, ein kleiner Packen, nicht größer als 1,50 m und nicht schwerer als sechzig Kilo, kämpfte an manchen Tagen wie eine Boxerin, was er ihr nicht verübeln konnte, wenn er sah, wie manche Kollegen mit ihr umsprangen – meist überfordert und in Zeitnot. Erst letzte Woche hatte er Maria und einen anderen Kollegen dabei belauscht, wie sie über Penelope geredet hatten. Penelope trank, kam oft schon morgens mit einer Fahne zur Arbeit.

Wenn sich Maria an die Vorschriften hielte, müsste sie mit Penelope ein Gespräch führen; sie schriftlich abmahnen, wenn das nichts brächte und ihr am Ende wahrscheinlich kündigen. Aber Penelope erledigte ihre Arbeit vorbildlich, war nie krank und beschwerte sich nie. Sie selbst wusste am Besten, warum. Er konnte sie verstehen. Jeden, der trank, konnte er verstehen. Menschen, die mit ihrer Situation nicht mehr klarkommen, greifen gerne nach einem Krückstock. Penelopes Krückstock war der Alkohol. Und doch verabscheute er sie auch, diese Menschen, mit ihren aufgeschwemmten Gesichtern, in denen die roten Äderchen platzten, ihren fetten Bäuchen, ihren versoffenen Gehirnen. Und wenn Leute wie er sich nach getaner Arbeit einen Joint gönnten, dann machten sie sich strafbar. Was für ein Witz!

Jetzt erst bemerkte er, dass er die ganze Zeit neben Frau Wugels Bett gestanden und sie angesehen hatte.

„Fauler Sack, soll endlich mal was arbeiten", ging es wieder los.

„Der bekommt sein Geld ja wirklich geschenkt."

Als Albin die Decke zurückzog, blieb Frau Wugel ruhig liegen. Maria hatte ihr heute Nachmittag eine Ladung Dipidolor gegeben, weil sie sich beim Katheterwechsel zu sehr gewehrt hatte.

„So, und jetzt auf die rechte Seite drehen Frau Wugel", sagte Albin, bevor er es tat und in die Windel sah – sie war sauber. Leid tat ihm Frau Wugel trotzdem.

Es war fünfzehn Minuten nach zwei und Albin hasste, was er jetzt tun musste. Auch wenn es in fast allen Pflegeheimen die Regel war; für ihn machte es das nicht besser.

Wie immer um diese Zeit lag Frau Wanninger mit dem Gesicht zur Wand. Die hellbraune Flüssigkeit tropfte in den runden Behälter, der sich unter dem Plastikbeutel mit Nahrung befand und halb gefüllt war.

„Wenn ihre Uhr doch endlich ablaufen würde", dachte Albin und sagte leise: „Guten Morgen, Frau Wanninger, ich muss Sie jetzt leider waschen. Ich wasche jetzt Ihr Gesicht."

Ein weinerlicher Ton zeugte davon, dass seine Worte bei ihr ankamen. In welcher Form auch immer. Frau Wanninger verstärkte damit Albins Gefühl, etwas Unrechtes zu tun. Er tauchte den Waschlappen in warmes Wasser, wischte über ihr Gesicht. Fühlte ihre Stirn, ihre Augenlider, ihre Nase und ihren Mund. Eine eigenartige Form der Zuneigung, der Verbundenheit mit der alten Frau stellte sich ein. Ein Gefühl des zärtlichen Mitleids. Er fühlte sich mit ihr verbunden, fühlte sich mit ihnen verbunden. Mehr als mit den gesunden, jungen Menschen da draußen. Dieses Gefühl gab ihm Kraft und schwächte ihn zugleich.

„So, jetzt nehme ich das Kissen zwischen ihren Beinen raus."

Frau Wanningers Beine waren durch das lange Liegen kontraktiert. Er konnte sie nur mit viel Kraft auseinanderdrücken. Weil die Sehnen der Beine stark verkürzt waren, bereitete ihr das große Schmerzen und sie wimmerte noch gequälter.

„Es tut mir leid, wenn ich ihnen weh tue, aber ich muss es halt machen."

Albin hasste diese Gesellschaft, die alte Menschen abschob, nur weil sie nicht mehr funktionierten, nicht zur Maximierung des Bruttosozialproduktes beitrugen. Aber so verdienten Pharmakonzerne, Hygieneartikelhersteller und Heime an deren Siechtum.

„Warum tut es ihm denn Leid? Die soll froh sein, dass sie überhaupt gewaschen wird!"

„Wenn er nicht so viel reden würde, könnte er auch mal eine Pause machen."

„Soll er sich doch eine andere Arbeit suchen."

Die Stimmen drangen in ihn. Er rannte aufs Klo und hielt sein Gesicht in den Strahl Wasser, presste sich die Finger in die Ohren. Nichts half. Würde seine Sanduhr doch endlich ablaufen. Könnte er sich doch den Schlauch abschneiden, der in seinen Bauch lief und diesen Druck verursachte.

Er klemmte den linken Ellbogen zwischen Frau Wanningers Knie, um den Stuhlgang zwischen ihren Beinen abzuwischen.

„Ja, ich weiß, dass es weh tut. Ich bin ja gleich fertig."

Die Knie waren an den Innenseiten stark gerötet. Die Kacke hing zwischen den Schamlippen und war nur schwer mit einer Hand wegzuwischen, trotz des Pflegeschaums.

„So eine Drecksau, jetzt fasst er ihr auch noch zwischen die Beine."

„Hat der denn keine, mit der er das machen kann?"

„Ein Mörder, hat eine Frau auf dem Gewissen."

Albin sah Almud vor sich, ihr Gesicht, ihren Körper, ihren Sarg. Er hielt sich die Ohren zu. Hastig zog er Frau Wanninger eine Windel an, lagerte sie, deckte sie zu. Er sah in den Spiegel. Seine Wangenknochen stachen hervor, seine Augen hatten große, schwarze Ränder und sein Kopf zitterte. Waren seine Nerven vom Leben zerstört? Musste er jetzt sein ganzes, langes, verdammtes Leben mit einem zitternden Kopf durch die Gegend laufen? Hatte er mit den Drogen nicht nur Almuds Leben, sondern auch seinen eigenen Körper, sein Gehirn für immer zerstört? War er durch die Drogen schizophren geworden? War er hängengeblieben? Hebephrene Schizophrenie? Heilungschance gleich null?

Albin zog an der Zigarette und wanderte innerhalb des gelben Raucherquadrats um den Aschenbecher. Mit jedem Zug an der Zigarette wurde er schwächer, sog er sich die noch verbliebene Kraft aus dem Körper. Seine Hände zitterten, er fühlte ein rhythmisches Pochen in seinem Kopf.

Mit rastlosen Blicken beobachtete er die anderen. Eine Frau sah ihn an, er blickte zu Boden. Außerhalb des Quadrats stand seine blaue Reisetasche.

Die anderen musterten ihn, sprachen über ihn: verwaschene Stimmen: *„So jung und schon so kaputt. Der ist seit zehn Jahren süchtig. Ein süchtiger Pfleger.“*

Albin drückte die Zigarette aus, griff nach der Tasche und hastete an das andere Ende des Bahnsteigs. Schwalben flogen im Tiefflug über die Gleise, unter dem Dach hindurch, in den grauen Himmel. Die Stimmen entspringen meiner Phantasie, meinem kaputten Gehirn. Für einen Moment gelang ihm so, in seinem Kopf für Ruhe zu sorgen. Zu schnell waren sie zurück:

„So jung und schon zehn Jahre süchtig. Der süchtige Pfleger ist ein Mörder!“

Regentropfen fielen auf den offenen Teil des Bahnsteigs. Der Zug fuhr ein; vertrieb die Schwalben und die Stimmen. Albin widerstand der Versuchung, sich über die Bahnsteigkante auf die Gleise fallen zu lassen. Knappe vier Stunden würde die Fahrt in das Gut Kashrut dauern. Regentropfen schlugen gegen das Zugfenster, krochen an der Scheibe nach oben.

Die Sekretärin saß hinter dem Schreibtisch und ging Albins Personalien durch. Sie hieß Uschi und sah aus, als käme sie direkt aus den Siebzigern:

Strickpullover, lange Ketten und hennarote Haare. Albin war sich sicher, dass sie kiffte. Jeder Hippie kifft. Trotzdem arbeitete sie hier, als Sekretärin in einer Klinik für Süchtige. Und er war nicht einmal in der Lage, im Altersheim zu arbeiten. Es gab so viele Menschen, die kifften und damit überhaupt kein Problem hatten. So anders als er. Mit dem Saufen hatte er aufgehört, auch mit den harten Drogen, ohne in der Klinik zu entgiften. Aber die Kifferei ..., damit konnte er einfach nicht aufhören. Uschi blickte von den Unterlagen auf und lächelte ihn an: „Und in sechs Monaten kannst du dich schon wieder von mir verabschieden."

„Sechs Monate?"

„Ja, die Landesversicherungsanstalt hat sechs Monate genehmigt. Das ist normal. Alkoholkranke bekommen vier Monate und Polytoxe sechs."

Er wusste, dass er Polytoxikomane war. Aber gleich ein halbes Jahr? Uschi hielt ihm den Bescheid der LVA unter die Nase, den er schon vor Wochen erhalten, aber nie wirklich gelesen hatte.

„Maximilian wird für die nächste Zeit dein Tutor sein, dir alles zeigen und die Regeln erklären."

Maximilian wartete bereits. Beinahe hätte Albin ihm die Tür gegen seinen fetten Bauch geschlagen. Mit einem trägen Ausweichmanöver verhinderte der andere es im letzten Moment.

„Und? Was hattest du für Hobbys?", fragte ihn der schnurrbärtige Oberbayer mit Halbglatze.

„Hobbys?"

„Ich meine, was du alles genommen hast?"

Albin blickte zu Boden. Am Ende hatte er doch nur noch gekifft! „Alles, außer Pillen und Heroin."

„Nein, schon wieder so einer."
„Was ... ?"
„Jetzt sind wir drei Drogis und zwei Alkis in unserer WG. Wird Zeit, dass mal wieder ein Alki kommt."
Albin sah ihn an, sagte aber nichts.
„Kommst jetzt? Deine Sachen muss ich noch filzen."
Filzen? Ist ja wie bei den Bullen hier, dachte Albin.
Die Wohngruppe ILLER war im zweiten Stock, zwischen LECH im ersten und INN im dritten Stock. Sie gingen durch eine Glastür, über einen Gang, an vielen anderen Türen vorbei.
„Das ist dein WG-Raum", Maximilian deutete nach rechts, „Da die Duschen und Scheißhäuser", er zeigte nach links, „Da unsere Zimmer", er nickte den Gang hinunter, „und hinten rechts das Zimmer von Sibylle, unserer Therapeutin."
Alle Zimmer hatten alberne Namen. Maximilian riss Albin seine Tasche aus der Hand und betrat die Tür mit der Aufschrift WOLKE SIEBEN. Dort wuchtete er die Tasche auf den Tisch und nahm interessiert ein Kleidungsstück nach dem anderen heraus.
„Hast was dabei?"
Klar hatte er etwas dabei. Das sah er doch. Die ganze Tasche war voller Sachen. „Was denn?"
„Tu doch nicht so. Pillen, Pulver oder sonst irgendein Zeug!"
„Nein, sonst wär ich doch nicht hier!"
Albin sah aus dem Fenster. Auf einer Weide am Hang grasten Schafe. Er wollte das auch: Trinken, Fressen, Fortpflanzen, Schlafen. Trinken, Fressen, Fortpflanzen, Schlafen.
Maximilian nahm das Rasierwasser und roch daran.

„Mit Alk?"

Die Tür ging auf und ein großer, bulliger Typ mit Militärhaarschnitt kam herein. Ohne Hallo zu sagen, stürzte er sich auf die Tasche und stieß Maximilian in die Seite.

„Und? Material gefunden?"

„Nein, Torben, nix bis jetzt."

„Haste Wichsheftchen?"

Albin reagierte nicht. Der Typ starrte ihn ungeduldig an, glotzte auf die Tasche.

„Na, haste Wichsheftchen?"

„Ich brauche sowas nicht, meine Imagination ist völlig ausreichend."

Der Typ hob die Augenbrauen an, sah zu Maximilian, der hob die Schultern. „Deine was? Deine Seemannsbraut? Handfotze?"

Albin war genervt: „Meine Vorstellung, Phantasie."

Der Typ atmete geräuschvoll aus. „Seine Vorstellung, seine Imagination."

Maximilian und der Typ sahen sich vielsagend an.

Später saß Albin auf seinem Bett, sah sich seine Bleibe für das nächste halbe Jahr an: ein Tisch, zwei Schränke, zwei Nachtkästchen, ein zweites Bett – alles in „Buche furniert" –, Waschbecken, Spiegel. Ein halbes Jahr in diesem Zimmer. Ein halbes Jahr mit diesen Typen. Er hatte keine Vorstellung gehabt, wie lange er bleiben musste, sollte. Er war nur froh gewesen, als das Warten im Haus seiner Eltern endlich ein Ende hatte. Die Tage, an denen er neben seinem Vater auf der Couch vor dem Fernseher lag, immer wieder einschlief. Die Paranoia, die ihn seine Eltern immer wieder zurechtweisen ließ, leiser zu sprechen, die ihn dazu brachte, Fenster und Türen zu schließen, damit die Nachbarn nicht hören konnten, wenn es um seine Sucht, seine Therapie ging. Die Stimmen der Nachbarn, die über ihn sprachen, urteilten, manchmal nur wisperten. Die Angst schizophren zu sein. Die Angst, seinen Geist durch die Drogen für immer zerstört zu haben, in unzähligen Bongs, Tapes, Lines erstickt, in unzähligen Litern Alk, Tropfen und Säften ersoffen.

Die geöffnete Tasche stand immer noch auf dem Tisch, als es klopfte und Maximilian herein kam. Vor dem Mittagessen wollte er Albin noch über das Gelände führen, ihm seine „Grenzen aufzeigen“. Albin fragte nicht, was Maximilian damit meinte. Seit dem Tod von Almud hatte er sich vorgenommen, nur noch das Nötigste zu sprechen, weil nur ein Wort, sein Wort, sein Nein, Almud in den Tod getrieben hatte. Und da kam der fette Bayer und wollte ihm seine Grenzen aufzeigen.

Sie gingen die Treppe des Haupthauses hinunter. An der Cafeteria vorbei, in der ein Billardtisch stand. Vor dem Hauptgebäude zündete sich Albin eine Zigarette an, die ihm Maximilian gleich aus dem Mund riss und austrat.

„Spinnst du? Wenn du Blödsinn machst, bin ich a dran, weil ich dein Tutor bin. Rauchen ist nur an den Aschenbechern erlaubt, die wo überall rumstehen und im WG-Raum und da auch nur zu bestimmte Zeiten. Und telefonieren darfst du nur noch heute und dann zwei Wochen gar nicht.“

Maximilian schnappte nach Luft und Albin hatte langsam genug; nicht telefonieren, nicht rauchen, was würde noch kommen? Er hatte sich draußen schon eingesperrt gefühlt und jetzt das.

Ein gepflasterter Weg führte Sie an einem Neubau vorbei, in dem noch zwei Wohngemeinschaften, der Musik- und der Kraftraum waren, wie Maximilian erklärte. An einem Fachwerkgebäude – der Werkstatt für die Arbeitstherapie – stand ein Aschenbecher.

„So, jetzt können wir eine rauchen."

Nach rechts zweigte ein Weg in Richtung Straße ab. Rechts davon lagen die Gästehäuser und der Waschkeller mit Waschmaschine und Trockner.

„Das ist deine Grenze für die nächsten zwei Wochen. Wenn du da drübergehst, kriegst du Ärger. Und ich dazu. In drei Wochen darfst du über die Grenze und in sieben Wochen in den nächsten Ort. Und ab der zehnten Woche sogar in die Wirtschaft."

Albin zog an der Zigarette. Maximilian schnappte wieder nach Luft. Albin widerstand dem Impuls, zur Straße zu gehen und seinen Daumen herauszustrecken; bloß weg.

Sie gingen an der Turnhalle vorbei und weiter, bis sie an einen Teich kamen. Die Weide davor trug nur noch wenige Blätter. Ein kleiner Stall stand in der Nähe. Mit einem tiefen Seufzer sog Albin die Luft ein. Es roch nach Wald und Wasser. Er betrachtete den Baum. Herbst, die Zeit des Sterbens, dachte er und musste an Almud denken. Tränen drängten sich in seine Augen.

„Träumst du?", fragte Maximilian ungeduldig.

Sie gingen in den Stall zu den Ponys. Albin mochte den Geruch der Pferde.

„Das sind Bonnie und Clyde. Aber frag nicht, wer wer ist."

Das eine Pony war schwarz und hinkte. Das andere war braun und hatte einen weißen Punkt auf dem Kopf.

„Hallo", sagte Albin und streichelte durch die verfilzte Mähne. „Wie geht's?"

Er spürte, wie Maximilian ihn musterte.

„Und warum sind sie nicht auf der Weide, sondern im Stall?"

„Weil es in der Früh geregnet hat."

Um Punkt zwölf gab es Mittagessen. Die Therapeuten saßen gemeinsam an einem Tisch in Albins Nähe. Er fühlte sich beobachtet und sah immer wieder hinüber. Sobald aber einer der Therapeuten seinen Blick erwiderte, schniefte er und sah weg. Albin schmeckte den Essig im Salatdressing. Er sprach eine Frau mit Schürze an, die neben den Salaten stand.

„Tschuldigung, ist in der Soße Alkohol?"

Die kleine, mollige Frau sah Albin verdutzt an und schüttelte verneinend den Kopf. Der stiernackige Torben saß mit drei anderen an einem Tisch dahinter. Der mit dem blau-schwarzem Hawaihemd und den weiten Hosen war Kai. Auch er war erst heute angekommen. Torben tippte sich an die Stirn.

„Da nimmt's wohl einer ganz genau."

Torben wurde durch die Worte eines anderen Patienten unterbrochen, der an das Rednerpult getreten war, das am Ende des Raumes stand. Im Gut mussten alle, die etwas verbockt hatten, vor dem Essen einen Spruch aufsagen. Den fanden sie in Kalendern oder Büchern der Bibliothek. Albin graute es vor dem Tag, an dem er vor alle anderen treten und einen Spruch aufsagen würde müssen. Bestimmt würde er anfangen, am ganzen Körper zu zittern.

Maximilian saß Albin gegenüber und fragte: „Soll ich vorgehen und Heil Hitler sagen?"

„Wenn du das machst, dann hast du die hier im Gesicht“, sagte Albin und deutete auf die Bratensoße.

„Lieber tot als rot“, murmelte Torben kaum hörbar.

Später stand Albin im Keller des Haupthauses, wo sich das Patiententelefon befand, und telefonierte mit seiner Mutter.

„Und wie sind die anderen so?“

„Der, der mir hier alles zeigt, ist ein Fascho.“

„Wie kommst du denn darauf?“

Er konnte die Tränen nur schwer zurückhalten. Er drehte sich um, sah wie Torben hinter der Glastür stand und ihn ansah. „Und wie geht's Papa?“

„Es geht aufwärts.“ Sein Vater hatte vor einer Woche einen Nervenzusammenbruch gehabt. „Du schaffst das schon. Wir glauben alle fest an dich“, sagte sie noch.

Schön, dass zumindest andere an ihn glaubten.

Eine dicke Nebelwand aus Rauch empfing Albin, als er in den Aufenthaltsraum kam. Torben saß mit Kai am großen Tisch. Sie spielten Karten: „Was liegt, des pickt.“

Auf der abgewetzten grünen Couch in der anderen Ecke lümmelte sich Maximilian und sah sehnsüchtig zu den Kartenspielern. Albin ließ sich neben ihn in die Couch plumpsen. Aus der kleinen Mini-Anlage dudelten die neuesten Hits, Monets Bild von der grünen Landschaft mit Teich und Brücke wirkte fehl am Platz.

Alle beobachteten Albin, wie er sich hinsetzte und eine Zigarette anzündete. Seine Hände zitterten. Er war froh, Filterzigaretten mitgebracht zu haben, aber die würden in Kürze aufgebraucht sein, wenn er so weiter qualmte. Die Tür öffnete sich und ein Typ mit schwarz gefärbten, über den Ohren ausrasierten und zu einem Pferdeschwanz zusammengebundenen Haaren kam herein.

„Nabend Bomber. Haste neue Musik dabei?", begrüßte ihn Torben.

Bomber hob einen Packen CD's hoch und gab ihn Torben.

„N` Neuer?" Bomber nickte in Albins Richtung, der sich die CD`s ansah, die Torben auf den Tisch gelegt hatte. Albin wollte schon antworten, da kam ihm Torben zuvor: „Ja, ein Drogi."

Bomber musterte Albin abschätzig. Der wusste nicht, ob er wütend oder traurig sein sollte. Besser wäre wütend, auch wenn er das bis jetzt noch nicht gut hinbekam. Nicht nur das sollte sich ändern. Er wandte er sich wieder den CD`s zu, die Torben neben dem überquellenden Aschenbecher ausbreitete. Da fiel ihm die Tätowierung auf Torbens von Adern durchzogenem Unterarm auf. Hoffnung stieg in Albin auf, vielleicht waren die Jungs ja doch ganz in Ordnung. Torben hatte vier Buchstaben auf seinem Unterarm tätowiert: A.C.A.B. All cops are bastards. So hieß ein Lied der Punkband Slime. Aber eine der CD`s , sprach eine andere Sprache: *Landser*, eine der übelsten Nazibands überhaupt. Bomber und Torben bemerkten, wie Albin aufgeregter wurde.

„Na, stehste auch auf Landser?", fragte Torben.

„Nein, ich halte nichts von Nazi-Musik."

Maximilian und der andere Patient verstummten. Alle glotzten auf Albin. Das Radio trällerte: „Tomorrow never comes."

Genüsslich zog Torben an der Kippe. „Und warum nicht?", fragte er ruhig.

„Weil ich nichts von Nazis halte", sagte Albin unbedacht.

„So, so, er hält nichts von Nazis", sagte Torben und sah sich im Raum um. „Kann er auch sagen warum?"

Albins Zigarette brannte im Aschenbecher langsam herunter.

„Weil sie auf alle einschlagen, die nicht in ihr beschränktes Weltbild passen."

„Bist wohl ein Linker?"

Albin zögerte. „Und?"

„Aber du hast noch nie einen Nazi geschlagen?"

„Nein. Ich war Pazifist und Gandhi war mal mein Vorbild."

„Schön blöd", meldete sich Kai zu Wort.

„Gandhi", murmelte Bomber.

„Das hat sich aber geändert. Heute würde ich mich wehren".

Torben sah ihm in die Augen. Albin hielt seinem Blick nicht stand.

„Weißt du, warum ich hier bin?", fragte Torben. Er wartete Albins Antwort gar nicht erst ab. „Weil ich mit meinen Kameraden einen Kanaken zerlegt habe. Vielleicht würde ich es mit einer Zecke genauso machen." Er zog wieder genüsslich an der Zigarette. „Das war vielleicht ein Spaß. Der hat danach nicht mehr gut ausgesehen."

„Griechisches Souflaki", sagte Bomber und alle lachten.

„Weil ich aber besoffen war ohne Ende, bin ich jetzt hier. Vielleicht liegt ja alles an meiner Saufkrankheit?!" Torben brach in irres Gelächter aus: „Oder an meiner schlimmen Kindheit." Er wandte sich von Albin ab und erklärte Kai, was er alles zu beachten hatte; er war Kais Tutor.

Albin konnte sich an den Überfall auf den Griechen erinnern. Die Glatzen hatten in einer Gaststätte Geburtstag gefeiert. Ein Faschomädchen hatte den Griechen vor dem Lokal angepöbelt und ihm ins Gesicht geschlagen. Der wehrte sich, woraufhin die anderen auf ihn losgingen, auf Kopf und Oberkörper eintraten. Erst eine Gruppe junger Türken rettete ihn.

Albin wurde übel. Wortlos ging er aus dem WG-Raum. Torbens gehässiges Lachen hörte er noch, als er bereits im Zimmer war.

Der grobschlächtige Blonde stand Albin gegenüber. Er war einen Kopf kleiner als er selbst, aber dafür doppelt so breit. Im leeren Bierzelt räumten Bedienungen in Dirndln die Reste des Tages ab, Bierkrüge klirrten. Die Lichter des Karussells und des Autoscooters waren lange schon gelöscht worden, und die Rolltore der Buden seit Stunden heruntergelassen. Eine junge Frau mit schwarzen Haaren stand neben dem Blonden, der trotz der Biere, die er den Abend über getrunken hatte, nüchtern wirkte. Der sechzehnjährige Albin dagegen schwankte beim kleinsten Schritt, berauscht von Schnaps und Bier, und nahm sein Umfeld nur noch verschwommen war. Der heiße Julitag, der sich in den Schotter des Kirchweihplatzes verkrochen hatte, tat sein Übriges.

„Und du meinst, du kannst rote Haar haben, deine Oma blaue und deine Schwester grüne?"

In der Regel war Albin nur selten um eine Antwort verlegen, aber diese Logik konnte er nicht nachvollziehen. „Ich verschtehe nicht … dein Problem."

„Des Problem ist, dass du und deine Bagasch dann ausseht wie eine Papagei-Familie. Und dein Frisör war auch besoffen, oder?"

Die Umstehenden lachten. Der Blonde, der im Landkreis als Bulldog bekannt war, kannte so etwas wie Albins Irokesenschnitt bisher nur aus Filmen oder von seinen Besuchen in der Stadt. Albin registrierte, dass Bulldog ein Diesel T-Shirt anhatte, auf dem ein Mann mit einem Iro aufgedruckt war.

„Was willsst du denn … mit deinem scheisss … T-Shirt?"

Bulldog näherte sich bis auf wenige Zentimeter; Albin roch eine Mischung aus Zigaretten und Bier.

Bulldogs Pranken packten ihn im Genick und zogen ihn noch näher heran. „So, so. Ein Linker."

Ruckartig riss er Albins Kopf gegen seine Stirn. Albin fühlte einen dröhnenden Schmerz und taumelte nach hinten. Noch während er taumelte, kam Bulldog wieder auf ihn zu, setzte seinen Fuß hinter Albin und schlug ihm mit der Faust auf die Nase. Albin fiel auf den Kies. Blut schoss aus der Nase, Tränen liefen über sein Gesicht. Regentropfen fielen erst vereinzelt vom Himmel, prasselten dann auf ihn und die anderen ein. Er wischte sich die Tränen nicht ab. Die Wut lähmte ihn. Erst letzte Woche hatte er einen Film über Gandhi gesehen. Der kleine, zierliche Mann, der geknüppelt wurde und dennoch nicht zurückschlug. Von Gandhis Radikalität war er schwer beeindruckt gewesen. Er wollte auch diesen Weg gehen, den Weg der Gewaltlosigkeit, selbst wenn seine Stiefel mit den roten Schuhbändern und das Shirt, auf dem eine Faust ein Hakenkreuz zerschlug, etwas anderes suggerierten.

Bulldog und seine Freundin wollten gerade gehen, der Regen wurde immer stärker. Und auch die vereinzelten Schaulustigen verloren das Interesse an dem sadistischen Schauspiel.

„Du Scheiß-Nazi!", brach es aus Albin heraus, der sich immer noch die blutende Nase hielt. Das Blut rann zwischen seinen Fingern den dünnen Unterarm hinunter. Bulldog drehte sich um, ging auf Albin zu und trat ihm mit den Cowboystiefeln in die Magengrube. Den Arm um seine Freundin gelegt, verließ er die Kirchweih wie ein Kriegsgewinner. Albin blieb zusammengekrümmt liegen. Der Regen brach auf ihn nieder, auf dem Kies bildeten sich

Lachen. Die brennende Nase, der pochende Kopf und die grimmende Magengrube wurden von der Enttäuschung betäubt, die Albin über die Menschen empfand.

Die Kirchweih war nur noch matt beleuchtet und auch im Inneren des Bierzeltes war es nun dunkel. Plötzlich hörte er Schritte, versuchte aufzustehen, war aber zu schwach und sank wieder zu Boden. Erst beim zweiten Versuch schaffte er es, sich von der Mitte des Kirchweihplatzes an den Rand vor eine Bude zu schleppen. Hatte Bulldog es sich anders überlegt? Kam er zurück, um ihm endgültig den Rest zu geben? Albin kauerte sich an die Bude, zog die Beine an. Da bemerkte er die Silhouette einer Frau, die ihm bekannt vorkam. Es war Corinna. Corinna, die erst seit kurzem hier wohnte. Weil sie sehr hübsch war, wurde sie von den Leuten akzeptiert, obwohl sie ein Ossi war. Für ihn schien sie unerreichbar.

Albin drückte sich fester an die Bretterwand. So sollte sie ihn nicht sehen. Doch sie blieb stehen, holte sich eine Zigarette aus der Jackentasche und zündete sie an. Der Feuerschein beleuchtete ihr blondes, langes Haar. Da entdeckte sie Albin und zuckte zusammen. Schnell wischte er sich die Tränen ab, verschmierte dadurch aber das Blut, das aus seiner Nase rann und sich aus der Platzwunde an der Stirn über sein Gesicht verteilt hatte. Langsam kam Corinna näher.

„Ach du bist es ... der Punk ... wie heißt du gleich ...? Albin. Was machst du denn hier?“ Mit dem brennenden Feuerzeug in der Hand kam sie näher an Albins Gesicht heran. „Mensch, wie siehst du denn aus? Dein ganzes Gesicht is voller Blut. Wer war das?“

Albin hielt die Hand schützend vors Gesicht und kniff die Augen zusammen.

„Komm mit, ich verarzte dich! Ich wohn hier gleich um die Ecke.“ Corinna reichte ihm die Hand. Albin nahm sie nur widerwillig.

Auf einer kleinen Brücke blieben sie stehen und blickten ins Wasser. Corinna zog ein Taschentuch aus ihrer Tasche und legte es auf die hölzerne Brücke. Sie zündete es an und nahm Albins Hände. „Komm, wärmen wir uns an dem Feuer.“

Sie rieb seine Hände. Das Taschentuch fiel auf das glitzernde Wasser und verglomm. „Wenn es nicht so nass wäre, dann würde ich mich jetzt auf die Brücke legen“, sagte sie.

„Machen wir es doch einfach.“

Sie legten sich auf die feuchte Straße, so dass sich ihre Köpfe fast berührten. Ein Flugzeug zog gemächlich über den Himmel, der langsam wieder aufklarte. Corinna winkte dem Flugzeug hinterher. Albin verspürte eine kindliche Freude. Aufgeregt winkte auch er den bunten Lichtern nach. Corinna griff nach seiner Hand.

„Jetzt wirst du aber verarztet!“

Das Haus, in dem Corinna wohnte, war das einzige Hochhaus im Dorf. Albin fand schon immer, dass es nicht hierher gehörte. Aber zu Corinna passte es irgendwie, weil auch sie nicht hierher passte. Ihre Wohnung war im ersten Stock. Albin zog seine verdreckten Schuhe vor der Haustür aus. Drinnen empfing ihn gemütliche Wärme. Corinna schob ihn ins Bad und verschwand. Es roch nach Corinna. Gerade wollte er eine Parfumflasche öffnen, da kam sie mit einem Verbandskasten zurück. Albin setzte sich auf den Klodeckel.

„Wenn ich die erwische", sagte Corinna. Sie hatte schon eine Kompresse in der Hand. „Dusch erstmal den ganzen Dreck und das Blut ab. Danach versorge ich die Wunden."

Albin rührte sich keinen Meter. Er bei Corinna duschen? Für sie schien es nichts Außergewöhnliches zu sein. Duschten wohl öfter Männer bei ihr? Die Fußballdeppen, die Halbfaschos? Seine Aufregung mischte sich mit einem ziehenden Gefühl in seinem Bauch.

„Na, was is? Kannst von mir Klamotten haben."

Das heiße Wasser brannte in den Wunden. Zugleich entspannte es ihn. Noch bevor er das Wasser abgedreht hatte, ging die Badtür wieder auf.

„Hier hast du ein Handtuch."

Albin öffnete die Plexiglastür der Dusche nur einen kleinen Spalt und zog schnell das Handtuch herein. Hastig trocknete er sich ab, worauf seine Verletzungen noch mehr brannten. Corinna wartete. Er wickelte sich das Handtuch um die Hüfte und stieg aus der Dusche. Während sie seinen Oberkörper musterte, sah er auf den Ansatz ihres kleinen Busens unter dem knappen, roten Oberteil.

„Diese Schweine. Setz dich dahin."

Zärtlich tupfte sie mit einer Kompresse und Jod die Schürfwunde auf seinem Rücken ab. Es brannte. Er spürte ihren schnellen Atem. Seine Finger nestelten an dem Handtuch herum.

„Tut's weh?"

„Nein."

Für die Platzwunde an der Stirn nahm sie eine neue Kompresse. Corinna roch nach Geborgenheit. Ihre Brüste drückten gegen seine Schulter. Er fühlte, wie er eine Erektion bekam und legte die Hände in den Schoss. Sein Herz klopfte so stark, dass es ihm in den Ohren dröhnte. Sie tupfte die Abschürfung an der Wange ab, kam ganz nah an sein Gesicht heran. Ihr Atem streifte ihn. Dann küssten sie sich.

Reif hatte die Wiese in der Nacht überzogen. Albin sah das weißgetünchte Gras, wenn er aus dem Fenster des Kellerraumes sah.

Zu sechst saßen sie in dem kleinen Raum im Kreis. Topfpflanzen und Aquarelle sollten eine freundliche Atmosphäre erzeugen. Sibylle, die Therapeutin, saß neben Maximilian, der wie immer seinen grauweißen Jogginganzug trug und die Hände auf dem Bauch verschränkt hatte. In seinem Oberlippenbart hingen Brötchenkrümel und gerade hatte er herzlich gerülpst. Sibylle hatte einen lila Schal um ihren Hals geschlungen und die Stachelfrisur war mit lila Strähnen aufgepeppt. Ihre Beine steckten in grünen Hosen. Torben saß links von Sibylle und unterhielt sich mit Kai über Fußball.

Albin hing in seinem Stuhl und wäre am liebsten wieder zurück ins Bett gegangen. Die Wut auf Torben hatte sich in seinem Bauch eingenistet; hatte die Nacht über gegärt. Weit nach Mitternacht war er in einen unruhigen Schlaf gefallen, hatte geträumt, er wolle zu seinem klapprigen, blauen VW-Bus. Er war gerade auf dem Weg über die Straße, als der Bus mit einem lauten Knall explodiert war. Eine Feuerwalze hatte Albin zurück geschleudert. Dann hatte er sich aus der Vogelperspektive gesehen, sein verkohltes Gesicht, ein schwarzer Klumpen. Schreiend war er hochgeschreckt, ohne zu begreifen, wo er war.

Er war auf die Toilette gegangen, zu den Fotos nackter Frauen, den Hintern, Titten, Mösen. Er hatte den Hosenstall geöffnet und sich ihnen für kurze Zeit ganz nah gefühlt. Als er das feuchte Klopapier in die Toilettenschüssel geworfen und hinuntergespült hatte, war er wieder alleine gewesen.

„Also erst mal möchte ich Kai und Albin begrüßen. Könnten die anderen ihnen kurz erzählen, warum sie hier sind? Maximilian beginnst du bitte?“

„Ich bin im Gut, weil ich zu viel getrunken habe“, begann Maximilian und sah schnell zu Torben.

„Und ...? Ich glaube, du hast noch was vergessen“, sagte Sibylle streng.

„Ja ...“

Maximilian machte den Reißverschluss seiner Trainingsjacke nervös auf und zu, so dass man das blau weiße Trikot des TSV 1860 München sah. Er zwirbelte am Ende seines Oberlippenbartes.

„Nun sag schon“, forderte Torben ihn auf.

„Ich bin auch da, weil ich mein ganzes Geld verspielt habe, am Automaten.“

„Und zu Hause ging‘s weiter, als du pleite warst. Da haste nur noch am Computer gesessen und es nicht mal mehr aufs Klo geschafft, hast in leere Flaschen gepisst“, ergänzte ihn Torben.

Maximilian wurde knallrot.

„Torben, so war das nicht gedacht!“, sagte Sibylle, „und jetzt bist du dran.“

„Von mir weißte ja schon, warum ich hier bin“, sagte Torben und blickte Albin erwartungsvoll an, ohne den Blick abzuwenden.

„So, wie das denn?“, fragte Sibylle erstaunt nach.

„Wir haben uns gestern unterhalten“, antwortete Torben.

Nach einem kurzen Zögern wandte sich Sibylle Kai zu. Der schien nur darauf gewartet zu haben, endlich dran zu sein. „Also ich komm grad frisch aus dem Knast. Ich hab mir früher Pillen und Speed eingefahrn und irgendwann haben sie mich halt beim verticken abgefickt. Jetzt kann ich hier die restliche Zeit absitzen."

„Absitzen tust du die Zeit hoffentlich nicht nur", warf Sibylle ein.

„Wie lange warst'n im Gefängnis? War's schlimm dort?", wollte Maximilian wissen.

„Klar war's da übel. Dagegen ist es hier wie in einer Kuschelstube. Keine Wärter, die dich triezen. Aber Zinker gibt's überall."

Er sah Albin an.

„Und wie war das mit den Kanaken im Knast?", fragte Torben.

Albin ballte die Fäuste, sah zu Sibylle, schwitzte. Ohne seinen Blick zu erwidern, intervenierte sie. „Torben, wir hatten vereinbart, dass du dieses Wort hier nicht mehr verwendest. Bitte halte dich an unsere Abmachungen. So Albin, warum bist du hier?"

Alle starrten ihn an. Die Wut in seinem Bauch hatte die Schwere der letzten Tage verdrängt. Er wusste nicht, woher plötzlich diese Entschlossenheit kam. Aber auch wenn er sich diesem System durch die Therapie ausgeliefert hatte, musste er sein Leben nicht vor einem Fascho ausbreiten.

„Ich kann hier keine Therapie machen." Sibylle sah ihn verdutzt an. „Ich will nicht, dass die Faschos von meinen Problemen erfahren."

Auf Torbens Gesicht zeigte sich der Ansatz eines Lächelns. Sein Blick wich dem von Albins keine Sekunde aus. Albin verschränkte die Arme vor der Brust, fühlte sein Herz gegen seine Hand schlagen.

„Was ist gestern vorgefallen, Albin?", fragte Sibylle.

Albin erzählte vom gestrigen Abend. Dass Torben ihn indirekt bedroht, dass er erzählt hatte, er würde

Albin vielleicht genauso „zerlegen" wie den Griechen, verschwieg er. Hätte er davon erzählt, hätte es für Torben vielleicht zur Folge gehabt, aus der Therapie geworfen zu werden und damit in den Knast zu müssen. Noch bevor Sibylle etwas sagen konnte, meldete sich Torben zu Wort.

„Ich will auch nicht weiter von mir erzählen, wenn der da bleibt. Ich hab keinen Bock, dass mich die Antifa besucht, wenn ich am Abend mit meiner Freundin bumse."

„Das kann ich nur zurückgeben", konterte Albin. „Aber die Antifa bringt im Gegensatz zu euch keine Menschen um. Von 1989 bis heute, 2003 waren es 135. 135! Das muss man sich mal vorstellen."

Erst gestern hatte Albin die von einer Stiftung veröffentlichten Zahlen in der Zeitung gelesen. „Und im Gegensatz zu uns habt ihr die Bullen auf Eurer Seite, die Linke mit Bildern von Eurer Website identifizieren."

Wieder zeigte sich der Ansatz eines Lächelns in Torbens Gesicht. Der hat also eine Freundin, dachte Albin und sackte noch tiefer in seinen Stuhl.

„Dann soll Albin doch in eine andere WG, wenn er unbedingt will", sagte Maximilian und sah zu Torben und Kai, die beide nickten. Sibylle sah ebenfalls in die Runde.

„Willst du auch noch was dazu sagen, Kai?"

„Ich will in ein anderes Zimmer."

Sibylle atmete tief durch. In Albin wuchs die Verzweiflung. Was hatte er schon wieder falsch gemacht, dass auch Kai gegen ihn war?

„Und aus welchem Grund?"

Kai sah zu Torben, der ihm aufmunternd zunickte. „Heut habe ich voll schlecht gepennt, weil der mitten in der Nacht geschrien hat.“ Ermuntert durch Torbens Nicken fuhr er fort. „Ich bin doch hier nicht im Irrenhaus, oder? Ich bin froh, aus dem Knast raus zu sein und will jetzt endlich meine Ruhe haben. Außerdem stinkt er, besonders seine Schuhe.“

Sibylle sah aus dem Fenster und dachte nach.

„Ich möchte, dass ihr mir bei der nächsten Gruppe sagt“, sie sah Torben, Albin und Kai an, „was ihr zu tun gedenkt.”

Alle drei nickten. Den Rest der Sitzung sprachen sie über Organisatorisches, belanglose Putzpläne und Küchendienste. Nach einer Zigarette in der Cafete, die er alleine an einem Tisch rauchte, ging Albin auf sein Zimmer und schlief bis kurz vor dem Mittagessen.

Am nächsten Morgen saß er auf der Pritsche im Arztzimmer zur Untersuchung. Er hatte noch nichts gefrühstückt und fühlte sich wie der vertrocknete Blumenstock auf dem Fenstersims. Blut hatte ihm die Arzthelferin bereits abgenommen.

„Wir haben das während der Altenpflegeausbildung auch machen müssen“, hatte Albin zu ihr gesagt. Es war ihm ein Bedürfnis gewesen, es zu sagen, aber jetzt bereute er es schon wieder.

Die hübsche Ärztin mit den langen braunen Haaren hörte ihn ab, nahm das Stethoskop aus den Ohren und musterte ihn.

„Sie sehen heute viel schlechter aus, als am ersten Tag. Sie müssen hier doch nicht den Helden spielen.“

Albin wusste sofort, dass sie die Ereignisse im WG-Raum meinte. Er hatte sich offen gegen Torben und damit gegen einen der inoffiziellen Anführer gestellt. Trotzdem hatte er nicht damit gerechnet, dass sie so schnell davon erfahren würde. Ohne auf das, was sie gesagt hatte, einzugehen, verließ er das Arztzimmer um frühstücken zu gehen, auch wenn er lieber eine geraucht hätte. Doch das wäre gegen seinen Vorsatz gewesen, in Zukunft erst nach dem Frühstück zu rauchen.

Auf dem Weg zum Essensraum musste Albin daran denken, wie er vor etlichen Jahren nach Rostock gefahren war, um Corinnas Eltern und Freunde zu besuchen. Von dem anonymen Anruf, der am selben Tag bei den Norddeutschen Neuesten Nachrichten eingegangen war, wussten sie nichts. Dabei ging es um die Sinti und Roma aus Rumänien, die auf ihrer Flucht vorläufig in der Zentralen Aufnahmestelle für Asylbewerber in Rostock unterkommen sollten. Hier allerdings kamen sie nicht weiter, als bis zur Tür. Nicht mal auf die Toilette ließ man sie. Die ZASt war völlig überbelegt worden. Weil die Stadt sich weigerte, Dixie-Klos aufzustellen, erleichterten sich die Flüchtlinge in ihrer Not auf die Wiese zwischen den Wohnblocks, die gleiche Wiese, die nun ihre Bleibe geworden war. Bewohner der umliegenden Wohnblöcke warfen Kleidung als Spenden von ihren Balkonen. Nach Monaten kroch der Gestank an den Fassaden der Plattenbauten entlang über die Balkone in die Wohnungen. Der anonyme Anrufer hatte mit einer gewaltsamen Lösung für dieses Problem gedroht, wenn die Stadt nicht bis zum Wochenende Ordnung geschaffen haben würde.

Am Freitag machten sich Corinna und Albin auf den Weg nach Rostock. „Gibt es da viele Faschos?“, fragte Albin, während sie über die marode Autobahn holperten.

„Nur in bestimmten Stadtteilen, und da müssen wir ja nicht hingehen", sagte Corinna und griff nach Albins Hand, ohne den Blick von der Fahrbahn zu nehmen. Spätabends kamen sie in Rostock an. Auf Albin wirkte die Stadt kühl, obwohl die Hitze des Tages kaum gewichen war. Wegen der vielen Plattenbauten sah er den Himmel nur, wenn er sich weit zurücklehnte.

Sie aßen mit Corinnas Eltern zu Abend. Dann verzogen sie sich in Corinnas altes Zimmer. Das war äußerst spärlich eingerichtet. Die meisten Dinge hatte sie mitgenommen. Sie setzten sich auf die kleine Matratze, die am Boden lag. Albin strich Corinna über das Haar, versuchte sie zu küssen. Die Stimmen der Eltern drangen undeutlich durch die dünne Wand. Erst nachdem seine Hand unter ihren Pulli fuhr und über ihre Brüste streichelte, erwiderte sie seine Küsse. Er war noch nicht lange in ihr, da kam er mit einem unterdrückten Stöhnen.

Am nächsten Tag reagierte die Stadt auf den anonymen Anruf. Während Albin und Corinna die Schiffe im Rostocker Hafen beobachteten, wurden nicht weit entfernt die Flüchtlinge in die Aufnahmestelle gelassen. Trotzdem begannen am Abend Jugendliche, mit Steinen auf Asylbewerber zu werfen, die vor der Aufnahmestelle standen.

Zur gleichen Zeit trafen sich Corinna und Albin mit Corinnas Freunden in einer Kneipe. Gerade als sich Albin mit einer kleinen, glatzköpfigen Freundin von Corinna über das Jugendzentrum der Stadt unterhielt und über ihre Probleme mit den Neo-Nazis, kam ein Freund der beiden Mädchen hereingestürmt. Nervös fuhr er sich durch den schwarzgefärbten Iro und spielte mit der Zunge an seinem Lippenpiercing.

„Wasn los Keks? Gab's Stress?", fragte ihn Corinnas Freundin, „Willstn Bier?"

Ohne ihr eine Antwort zu geben oder Albin zu beachten, begann Keks zu erzählen. „Die Faschos machen in Lichtenhagen mit den Normalos das Sonnenblumenhaus platt. Wir treffen uns in einer Stunde im Jugendzentrum."

Später, als sie wieder in der Wohnung waren, lag Albin noch lange wach. Er hätte gerne noch ein paar Eimer geraucht, hatte aber Corinna versprochen, in Rostock nicht zu kiffen, damit es keinen Stress mit ihren Eltern gab. Und obwohl es nicht seine erste Demo sein würde, schlief er fast nicht in dieser Nacht, schob Corinna sanft von sich, als der Arm einschlief, auf dem sie lag. Es würde die erste Demo sein, bei der es zu einer direkten Konfrontation mit den Faschos kommen würde, innerhalb zweier größerer Gruppen. Sonst war er immer alleine gewesen, wenn es Ärger mit Faschos gab. Morgen würde er zuschlagen, vielleicht sogar Steine werfen müssen, auch wenn es gegen seine Prinzipien war. Wenn er bei einer Party eine aufs Maul bekam, dann traf es nur ihn. Dann hatte nur er blaue Flecken, nur er Nasenbluten und Schmerzen. Morgen galt es, Flüchtlinge zu schützen, Menschen, die auf der Flucht vor Armut, Krieg und Verfolgung waren, die schon mehr Leid erlebt hatten, als er jemals erleben würde, dachte er. Ja, in Deutschland roch es noch immer nach der Scheiße der Vergangenheit.

Die Diskussion, die sie im Jugendzentrum geführt hatten wiederholte sich wie ein Film in seinem Kopf: „Der ganze Platz vorm Sonnenblumenhaus ist voller

Faschos und Spießer, fast 2000. Die werfen Steine auf die ZASt und das Wohnheim der Vietnamesen. Also ein paar von denen. Und die Bullen stehen daneben und tun nichts", hatte Keks berichtet.

„Wie viele Bullen sind denn da?", wollte ein Dicker mit blauen Dreadlocks wissen.

„Zwischen hundert und hundertfünfzig. Viel zu wenig. Die haben nich mal Schilder."

Der Dreadlock stand auf: „Wir müssen hin und das Haus verteidigen!"

„Und uns von Faschos und Bullen gleichzeitig verkloppen lassen?", warf ihm Keks hämisch entgegen.

„Wie viel sind wir denn? Nich mal dreißig. Wenn wir noch auf die anderen warten, könnten wir fünfzig werden. Aber das war's dann schon. Mir tut meine Fresse noch von der letzten Schlägerei mit den Glatzen weh. Da hab ich echt kein Bock drauf."

„Ich bin auch der Meinung", kam ein anderer ihm zu Hilfe, „dass es besser ist, bis morgen Abend zu warten. Dann könnten wir 200 werden."

Ohnmacht und Wut erfüllte den Raum. Sie einigten sich, den nächsten Tag abzuwarten. Da Corinna einigermaßen unauffällig aussah und niemand Albin kannte, sollten sie die Lage vor Ort checken. Albin zog sich eine ordentliche Hose, eine unauffällige Jacke und Sneakers an und setzte sich eine Mütze auf.

Auf der Mecklenburger Allee herrschte ausgelassene Volksfeststimmung. Laut knallend flitzte Leuchtspurmunition gegen den Wohnblock, hinter dessen Fenstern sich Menschen duckten. Das lila Licht verzerrte ihre Gesichter, in denen sich Todesangst spiegelte. Die Menge jubelte. Molotow-Cocktails flogen in hohem Bogen auf die Hauswand, zerbarsten unter noch größerem Jubel und leckten, hungrig in ihrem Hass, durch die Fensterrahmen in die Wohnungen und an den Vorhängen. Rhythmische Rufe forderten mehr: „Jetzt geht's los, jetzt geht's los!". Jugendliche parkten mit ihren Fahrrädern und Mopeds auf der Straße, genossen die Sommernacht, das Schauspiel und den Hass. Ein Hund kläffte. Bier floss durch heisere Kehlen. Plötzlich streifte Blaulicht die Häuserwände, erst ganz schwach, dann vertrieb es die Nacht. Sirenengeheul prallte von den Mauern ab, wurde verstärkt. Eine verzerrte Lautsprecherstimme brüllte: „Achtung, Achtung, hier spricht die Polizei!"

Die kurz darauf folgende Aufforderung den Platz zu verlassen ging unter in der Antwort: „Deutschland den Deutschen, Ausländer raus!"

Holzlatten wurden vom Boden aufgehoben, Steinplatten zertrümmert, die Steine in die Taschen gesteckt, um sie später auf Flüchtlinge und Polizisten zu werfen. Der Wasserwerfer spie seinen noch weitläufigen Strahl.

„Deutschland den Deutschen, Ausländer raus!", hallte es noch lange hinter Albin und Corinna, auch als sie schon sehr weit vom Sonnenblumenhaus entfernt waren.

Erst als die ersten Vögel zwitscherten und die letzten Sirenen verstummt waren, fiel Albin in einen kurzen, unruhigen Schlaf. Corinnas Eltern wussten von den Ausschreitungen und kannten ihre Tochter. Sie hatten den beiden Frühstück hingestellt und einen Zettel mit der Telefonnummer einer Freundin in Rostock daneben gelegt, die sie besuchen wollten. „Passt gut auf euch auf!", stand darunter.

Albin trank zuerst nur Kaffee. Das Nutellabrot, das ihm Corinna machte, aß er, wenn auch widerwillig. Eine Sirene war in der Ferne zu hören. Corinna strich ihm über den blauen Irokesenschnitt und gab ihm einen Kuss. Sie wusste, was ihn beschäftigte.

„Ich glaube, heute ist alles anders. Und wenn der Staat die Flüchtlinge nicht vor den Faschos schützen kann, müssen wir es eben tun. Zur Not auch militant."

Im Jugendzentrum tröpfelten nach und nach vor allem junge Leute ein. Albin malte mit einem Mädchen an einem Transparent.

Stoppt die Pogrome

Solidarität mit den Flüchtlingen

Bleiberecht für alle

Er war so dankbar für die Ablenkung, dass er nicht einmal eifersüchtig wurde, als Corinna sich mit einem Kuss von ihm verabschiedete, um mit Keks Mittagessen einkaufen zu gehen.

Während sie später den Bericht über die Krawalle am Sonnenblumenhaus sahen, hielten sich Albin und Corinna an der Hand. Fünfhundert Angreifer und mehrere tausend Schaulustige, die bei jedem Schuss aus der Schreckschusspistole, jedem Stein und jedem explodierenden Molotow-Cocktail jubelten und klatschten.

Im Jugendzentrum hatten sich bis jetzt knapp zweihundert Menschen eingefunden. Etliche wurden bei Straßenkontrollen von der Polizei festgenommen, weil sie Helme oder Baseballschläger bei sich trugen. Obwohl sie in der Unterzahl waren, stand es zu keinem Zeitpunkt in Frage, dass sie gehen würden ...

Die Demo stellte sich auf, manche zogen sich Kapuzen über, banden sich Tücher um. Erste Parolen wurden gerufen.

„Ob Ost, ob West, nieder mit der Nazi-Pest!"

Mit jedem gebrüllten Wort und jeder Parole wurden die Zweifel in Albin leiser und verstummten irgendwann ganz. Er dachte nicht mehr darüber nach, ob es richtig oder falsch war, Gewalt anzuwenden, um die Flüchtlinge gegen die Faschos zu schützen. Wenn die Polizei es nicht tat, mussten sie es eben tun. Im Fernsehen hatten sie gesagt, die Beamten seien in der Unterzahl. Aber Keks, der heute vor dem Sonnenblumenhaus gewesen war, hatte gesehen, wie sie abseits standen, nicht einmal Schilder hatten und auf ihren Einsatzbefehl warteten.

Die Demo war ein bunter Haufen aus Hippies, Punks, Antifas aus Rostock und Umgebung und anderen Entschlossenen. Viele hatten sich Schilder gebastelt: „NAZIS RAUS!", oder „STOPPT DIE NAZIS JETZT!" Albin, Corinna, Keks und die anderen hielten das Fronttransparent. In den vorderen Reihen zogen sich die meisten ihre Kapuzen bis über die Stirn und Tücher über die Nase. Viele trugen außerdem Sonnenbrillen. Obwohl es brütend heiß war, hatten sich auch Albin und Corinna vermummt. So konnten die Nazis keine Bilder von ihnen machen und sie später auf Plakate oder Flugblätter drucken. Ein weiterer Grund war natürlich der, dass sie militant agieren und von der Polizei so wenigstens aus der Distanz schwerer oder gar nicht identifiziert werden konnten. Sie hakten sich gegenseitig unter, bildeten Ketten. Albins zittrige Knie wichen einer wütenden Stärke. Die NAZIS RAUS! Rufe verwandelten seine Aufregung in Wut.

An einer bestimmten Stelle spaltete sich die Demo in zwei Ströme. Das hatten sie im Plenum so beschlossen. Es hatte auch Kritik an dieser Taktik gegeben, da die Demo dadurch an Stärke verlieren würde, die sowieso schon kleine Demo von 200 hatte sich nun in zwei Demos von nur noch je 100 Leuten geteilt. Trotzdem hallten die Parolen weiter lautstark von den Häuserwänden wider. Albin und Corinna liefen immer noch hinter dem Fronttransparent. Da sahen sie die Polizei, mit Schildern, am Ende der Straße. Dahinter war der Wasserwerfer in Stellung gebracht worden, wie ein Drache sah er aus.

„Jetzt hamse plötzlich Schilder", kommentierte Keks zynisch.

„Bildet Ketten!", schrie einer aus der zweiten Reihe, worauf die Leute sich fester unterhakten. Die Polizisten schlugen im Takt auf ihre Schilder. Die Demonstranten antworteten wütend: „Deutsche Polizisten schützen die Faschisten!" Noch bevor sie den Satz wiederholen konnten, strömten aus den Seitenstraßen Uniformierte mit erhobenen Knüppeln. Auch die Polizisten vor ihnen liefen nun auf sie zu. Albin sah nicht, wie die Leute hinter ihm zu Boden gingen, sah nicht, wie die Kette schon nach kurzer Zeit auseinandergerissen wurde, wie Schweinerippen in einer Fleischerei. Eine kleine Frau stürzte unter Knüppelhieben, hielt sich die Hände vors Gesicht. Als sie die Hände wieder wegnahm, spritzte Blut aus ihrer Nase auf die Umherstehenden. Albin bekam einen Knüppel auf den Kopf; ein dröhnender Schmerz zwang ihn in die Knie. Corinna wollte ihn wieder nach oben ziehen, da traf ein anderer Knüppel ihren dünnen Unterarm, es knackte, sie ließ los und Albin fiel rückwärts auf den Boden. Er sah ihr schmerzverzerrtes Gesicht, fühlte nur noch Hass.

Im Fitnessraum roch es nach Schweiß und alten Socken. Nina öffnete als erstes die Fenster. Von außen drangen die Stimmen der anderen Patienten in den Kellerraum.

„Herzlich willkommen im Fitnessraum! Genießen Sie die Waldluft und den herrlichen Ausblick“, sagte sie und lächelte Albin an.

Albin stand in der Tür und hatte zittrige Knie. Die Sonne spielte mit den aufgewirbelten Staubflocken. Nina sah an ihm herunter. Albin befürchtete, sie würde denken, dass er heimlich gesoffen hätte, weil seine Füße wie auf Entzug zitterten. In Wirklichkeit sah sie aber seine Schuhe an, die dreckverkrustet waren, weil sie beim Morgensport über die matschige Wiese gelaufen waren.

„Deine Schuhe ziehst du am besten aus.“

Albin zögerte, weil er schwitzte. Wenn er seine Schuhe auszog, würde Nina das sehen, weil er auf dem weißen Boden dunkle Schweißflecken hinterlassen würde. Schließlich zog er sie aus und versuchte möglichst schnell zu ihr rüber zu schlurfen, ohne dabei Spuren zu hinterlassen. Immerhin würde sie seine Stinkefüße nicht riechen, da es eh schon stank.

Er fand Nina nicht übermäßig attraktiv, auch wenn er manches an ihr mochte: ihre blitzenden grünen Augen, das Muttermal neben der Lippe und ihr spitzes Kinn. Sie ging in die Knie und beugte sich nach vorne, um die Gewichte am Butterfly einzustellen, was den Ansatz ihrer Brüste freigab. Nina erklärte ihm ruhig und ausführlich, wie er die Geräte zu bedienen hatte. Immer wieder wies sie auf die Bedeutung des geraden Oberkörpers hin. Albins angeborene Skoliose, die verkrümmte Wirbelsäule, könnte sonst weitere Schmerzen verursachen.

„Und wenn du regelmäßig trainierst, dann bekommst du sooolche Muckis ... wie ich“, sagte sie, nachdem sie die Langhanteln gestemmt hatte.

Wegen Ninas einfühlsamer Art vergaß Albin seine Schweißfüße und haderte nicht einmal damit, dass er weniger Durchgänge schaffte, als Nina vorgeschlagen hatte. Abschließend rauchten sie noch eine Zigarette vor dem Eingang.

„Rauchst du regelmäßig?“, wollte Albin wissen.

„Nein, nur wenn ich rauche“, gab sie schnippisch zur Antwort. Albin schob einige Kiesel mit den Fußspitzen hin und her. „Nein, jetzt mal im Ernst. Ich rauche nur hier oder wenn ich weggehe. Und manchmal zu Hause, wenn meine Tochter schläft.“

Albin war überrascht, dass Nina eine Tochter hatte. Er hätte sie vielleicht auf 25 geschätzt. Aber auch wenn sie schon älter war, konnte sie noch eine Ausbildung zur Ergotherapeutin gemacht haben. Natürlich konnte sie ihre Tochter auch schon bekommen haben, als sie noch ganz jung war. Um nicht weiter zu nerven, lenkte er das Gespräch auf sich. „Ich würde gerne aufhören. Aber wenn man in der Pflege arbeitet, gehört es eben irgendwie dazu.“

„Arbeitest du schon lange in einem Altenheim?“

Er überlegte kurz. „Eigentlich nicht und doch viel zu lange. Wenn man so will, hat die Arbeit im Altersheim meinen Weg zur Sucht asphaltiert.“

Torben und Kai kamen vorbei, gingen in Richtung Waschküche und lachten dreckig. Albin wandte den Blick zu Boden und spielte wieder mit den Kieseln.

„Die Arbeit ist anstrengend, was?“

„Ja. Aber weißt du was Platon vorgeschlagen hat?"

Nina schüttelte gespannt den Kopf.

„Er hat dafür plädiert, die behinderten Kinder auszusetzen. Da das Ganze, also die Gesellschaft, mehr sei, als die Summe seiner Teile. Das kapitalistische System ist da schon einen Schritt weiter. Es nutzt die alten Menschen, die keinen Beitrag zum Ganzen mehr leisten, zur Gewinnmaximierung, indem es am Pflegepersonal spart und die Alten dafür bezahlen lässt. Und da der schleichende Tod mit seinen Nebenwirkungen an den Rand der Gesellschaft verdrängt wird, ist die Stimme der Alten nur noch zu hören, wenn man sie hören will."

Nina starrte nachdenklich auf den Weg. Geschirrgeklapper drang aus den offenen Fenstern des Essensaals.

„Meine Oma ist in einem Pflegeheim gestorben."

Torben und Kai kamen den Weg zurück. Es war kurz vor zwölf und damit Essenszeit. Wieder lachten sie dreckig, musterten Nina mit schlüpfrigen Blicken. Albin starrte ihnen wütend hinterher, was auch Nina nicht entging. Obwohl er nicht wollte, musste er sich von Nina verabschieden. Wer zu spät zum Essen kam, hatte dem Küchendienst beim Abräumen zu helfen. Albins rebellischer Geist war so müde, dass er selbst diese Reglementierung kritiklos hinnahm.

„Vielleicht ist es das Beste, wenn ich bei deinem nächsten Training dabei bin", sagte Nina noch, während sie die Zigarette ausdrückte und lächelte, „bis Mittwoch bei der Wirbelsäulengymnastik."

Die verkohlten Hölzer der Barrikade zeugten von der Schlacht der letzten Nacht. Albin und Pfütze hatten die Randale nur aus der Ferne mitbekommen. Das grelle Rot der Leuchtspurmunition und das rotierende Blaulicht der Wannen war durch die Dunkelheit zu ihnen gedrungen. Eine Gruppe anderer Punks hatte ihnen davon abgeraten, noch weiter Richtung Sprengel zu gehen, der ehemaligen Schokoladenfabrik, die jetzt besetzt war. Nur über den Park kam man dorthin.

„Die Bullen haben den ganzen Park platt gemacht!", hatten sie gesagt.

Und jetzt waren Albin und Pfütze hier, vor ihnen die verkokelte Barrikade, links dahinter der Supermarkt, dem Supermarkt gegenüber der Sprengel. Es war ein friedlicher Samstagmorgen, der fast wie jeder andere war. Nur, dass die Menschen aus Hannover Nordstadt heute nichts bezahlten für ihre Wochenendeinkäufe im Supermarkt.

Ein Kind mit einer Motorradmaske über dem Gesicht und einem Fahrradhelm auf dem Kopf, schleppte einen prallgefüllten Leinenbeutel, eine Frau in Schürze, auch sie mit einem Tuch vermummt, folgte ihm in kurzer Distanz, in beiden Händen vollgepackte Plastiktüten.

„Genial, der Penny-Markt ist offen", sagte Pfütze.

„Heute wird umverteilt und die Leute müssen sich mal keine Gedanken machen, ob ihr Geld am Ende des Monats noch reicht", erwiderte Albin nicht minder begeistert.

Gruppen von Punks schlenderten über die Straße und gingen in den Supermarkt.

„Erinnert mich an ein Theaterstück von Dario Fo. Da holen sich die Arbeiterinnen aus den Supermärkten, was sie brauchen. Und als die Bullen dann bei ihnen zu Hause einlaufen, schieben sie sich die Sachen unter Rock und Bluse und machen einen auf schwanger", sagte Pfütze.

„Ach das! Wo der einen das Olivenglas rausfällt und sie so tut, als ob ihr gerade die Fruchtblase geplatzt wäre?!"

Sie lachten nicht nur wegen des Joints, den sie zuvor geraucht hatten. Das hier war eine kleine Revolution. Heute wurde umverteilt. Den Kapitalisten wurde das genommen, was die einfachen Leute mit ihrer Arbeitskraft produziert hatten, um von den mageren Löhnen überleben zu können. Denn eigentlich gehörte es ihnen. Das hier war Gerechtigkeit. Albins blauer Irokesenschnitt wackelte hin und her und das Bier gluckste fröhlich.

„Gehen wir rein", drängte Pfütze.

„Warte", Albin zeigte auf einen weißen Bus mit verdunkelten Scheiben, der zwanzig Meter vor der Barrikade stand: wahrscheinlich ein Kamerawagen. Er löste den schwarzen Kapuzenpulli von seiner Hüfte, streifte ihn über das T-Shirt mit dem schwarzroten Stern und band sich ein schwarzes Tuch vor Nase und Mund. Pfütze setzte sich ein schwarzes Baseball-Cap auf den Dreadlock-Iro, zog seine Kapuze darüber und versteckte, genau wie Albin, Mund und Nase unter einem Tuch. Seine riesige, schlaksige Gestalt konnte er nur schwer verstecken.

„Schade, dass wir letzte Nacht nicht hier waren", sagte Pfütze.

„Ja, dann hätten wir den Scheiß-Bullen jeden Knüppelhieb einzeln heimzahlen können."

Euphorie pushte Albin, als er den Markt betrat. Aber nicht alles, was er sah, gefiel ihm. Eier und Gemüse überzogen den Boden mit einer glibberig, stinkenden Masse. Ein lallender Skinhead warf ein Ei quer durch den Laden, dem Pfütze gerade noch ausweichen konnte.

„Alk und Zigaretten sind alle", stellte Pfütze mit einem Blick auf das Zigarettenfach vor der Kasse fest.

Albin überlegte, was er mitnehmen sollte und nahm, wie zuvor schon Pfütze, sein Tuch ab. Pfütze schnappte sich einen Karton und packte Fertigsuppen und Obst hinein. Albin half ihm dabei.

„Können wir für Holland gebrauchen."

Pfütze grinste. Schon bald waren zwei Kartons voll. Sie zogen sich die Tücher wieder vor's Gesicht, verließen den Supermarkt und bunkerten die Beute vor dem Eingang des Sprengel-Geländes, aus dessen Fenstern Transparente hingen.

„Komm, lass uns nochmal reingehen", sagte Pfütze.

Auch Albin wollte mehr, mehr von diesem Kick, diesem Rausch.

Drinnen erwarteten sie freudige Ausrufe anderer. Eine Gruppe hatte die Tür zum Lager geknackt. Stangenweise Zigaretten und Kartons mit Dosenbier und Wein wurden herausgeschleppt. Pfütze schnappte sich eine Palette Bier, Albin einen Karton Wein.

Hätten Albin und Pfütze das alles alleine weggesoffen, wären die nächsten Tage ein einziger Vollrausch gewesen. Aber darüber dachten sie nicht nach. Das Gewicht der Dosen und Flaschen hatten sie unterschätzt. Ein Einkaufswagen, der zwischen den Sträuchern im Gras lag, kam ihnen gerade recht.

Dass sie die Beweise für ihren „Diebstahl“ so vor sich herfuhren, kam den beiden nicht in den Sinn. In unmittelbarer Nähe saß eine junge Frau mit rosa Dreadlocks und einem viel zu großen Pullover auf den Überresten einer Backsteinmauer.

„Da vorne kommt ihr nich mehr raus“, sagte sie „die Bullen haben alles dichtgemacht. Aber ihr könnt da hinten durch den Zaun.“

Sie deutete auf einen verrosteten Zaun.

„Saucool, danke für die Info“, sagte Albin, riss den Karton mit dem Wein auf und gab ihr eine Flasche.

Das Loch war viel zu klein für den Einkaufswagen. Also stiegen sie an einer anderen Stelle auf einen Mauerrest und warfen den Wagen auf die andere Seite des Zaunes- wo er krachend auf den Boden knallte. Sirenen heulten in der Ferne. Albin und Pfütze zwängten sich mit den Flaschen und den Dosen durch das Loch. Die Sonne brannte vom Himmel. An ihren Schuhen klebte der stinkende Brei aus dem Supermarkt. Sie zogen ihre Kapuzenpullover aus, öffneten die erste Dose Bier und bummelten die Seitenstraße entlang. Der Wagen klackerte vor ihnen her. Albin stürzte das Bier in einem Satz hinunter, sah immer wieder hinter sich. Ein kurzes Stück weiter kamen sie in einen Park.

„Komm, lass uns noch ein bisschen abflacken“, sagte Pfütze.

„Ich weiß nicht. Immerhin haben wir das ganze Zeug geklaut.“

Pfütze pflanzte sich trotzdem ins Gras. Albin setzte sich zögernd neben ihn, öffnete die Becks-Dose, die sie am Morgen noch gekauft hatten und nahm einen kräftigen Schluck. Vögel pfiffen, ein Schmetterling flatterte um ihre Köpfe. Da knackte ein Sprechfunkgerät und ein Trupp Bullen kam hinter einem Busch hervor, näherte sich im Laufschritt. Albin wollte gerade noch einen Schluck aus der Dose nehmen, da schlug ihm ein Bulle mit Plastikprotektoren an Armen und Beinen die Dose mit einem Knüppelhieb aus der Hand. Das Bier spritzte in Albins Gesicht.

„Aufstehen! Ausweise! Das ist Diebesgut aus dem Supermarkt, der letzte Nacht aufgebrochen wurde."

Mit Kabelbindern wurden ihnen ihre Hände auf den Rücken gefesselt. Die Verschlüsse waren so fest zugezogen, dass sie tief in die Haut schnitten. Eine kleine Polizistin packte Albin mit festem Griff und zog ihn mit sich.

„Ich kann doch gar nicht abhauen."

Albin hob seinen rechten Stiefel und flappte demonstrativ mit der Sohle hin und her.

„Das haben schon viele gesagt."

„Außerdem habt ihr meinen Perso."

„Das haben auch schon viele gesagt."

Sie packte noch fester zu.

Albin lag auf einer Pritsche in der Zelle. Allein. In den Putz hatte jemand „Freiheit ohne Vernunft ist Barbarei" eingeritzt. Aus den anderen Zellen hörte er Gesang, in den immer wieder andere Gefangene mit einfielen: „Machen diese Welt, wie sie uns gefällt. Kampf dem Kapital. Illegal ist scheißegal."

Krank hatte er sich gemeldet. Eigentlich hätte er dieses Wochenende Dienst gehabt. Wenn das rauskam, konnte er mit seiner Kündigung rechnen. „Die ganze Stadt in Schutt und Asche", stand auf der Titelseite der BILD. Es war zwar lediglich der Supermarkt aufgemacht und die Barrikaden in Schutt und Asche gelegt worden, aber das war der BILD-Zeitung zu wenig. Seine Mutter hatte ihn noch gefragt, ob er nach Hannover fahren würde. Er hatte sie angelogen. Freiheit – Vernunft – Barbarei. Sonnenstrahlen fielen durch das Gitter. Albin roch die stinkende Pampe an seinen Schuhen. Er stand auf, ging zum Gitter und sah in den Hof, auf dem immer mehr Six-Packs eintrafen. Sie hatten Nummernschilder aus verschiedenen Bundesländern, soviel konnte Albin von hier oben erkennen. Trotz der Sonne, die die kleine Zelle aufheizte, war ihm kalt. Er nahm die graue Decke, legte sich wieder hin, breitete sie mit flattrigen Händen über sich aus und zog sie bis zum Kinn. Was hätte er jetzt für ein Bier und eine Kippe gegeben.

Nebenan öffnet sich geräuschvoll die Tür. Pfütze sprach mit den Bullen. „Ich will meinen Tabak haben."

„Den kann ich ihnen nicht geben."

Die Tür schloss sich wieder. In Albins Bauch breitete sich Leere aus. Soviel hätte er Corinna noch sagen wollen. Aber als er sie das letzte Mal gesehen hatte, war er gerade auf einem Trip-Abturn. Wenn er sie nur noch einmal in seinen Armen halten könnte. Ein Bier trinken, einen Eimer rauchen. Die Unruhe und die Schwäche wurden immer stärker; Albin ging in der Zelle auf und ab, blieb am Fenster stehen, sah hinaus, lief wieder unruhig hin und her, blieb wieder am Fenster stehen.

„He Pfütze, was sagen wir denn jetzt?", sagte er, gerade so laut, dass Pfütze ihn hören konnte. Nichts passierte.

„Pfütze!"

„Ja", hörte er Pfützes verschlafene Stimme. Der konnte sogar jetzt noch pennen.

„Was sagen wir denn jetzt? Oder machen wir ne Aussageverweigerung?“

„Wir sagen, ein paar Punks haben den Wagen stehen gelassen. Die wollten nur kurz weg.“

Albin dachte daran, wie blöd die Bullen eigentlich waren, sie in zwei nebeneinander liegende Zellen zu sperren? Pfütze sagte nichts mehr. Wahrscheinlich hatte er sich schlafen gelegt. In den Hof fuhren immer mehr Bullenwannen, obwohl er schon gut gefüllt war.

Wieder ging Albin die wenigen Quadratmeter der Zelle auf und ab, immer schneller. Schließlich ging er zur Tür und pochte gegen das Metall. Es dauerte eine Weile, bis ein Polizist öffnete.

„Ich brauch was zu essen. Ich hab Unterzucker.“

Der Polizist schaute ihn erstaunt an.

„Sind Sie Diabetiker?“

„Nein.“

„Dann gibt's erst mal auch nichts zu essen.“

„Kann ich bitte wenigstens was zu trinken haben?“

Der kleine Mann überlegte kurz.

„Kommen Sie mit!“

Das Wasser schwappte in dem Plastikbecher hin und her, so sehr zitterten Albins Kopf und Hände. Es schmeckte schal. Er wusste nicht mehr, ob er durstig oder hungrig war. Das Wasser änderte nichts daran, dass er sich beschissen fühlte. Der Polizist beobachtete ihn und lachte hämisch: „Unterzucker, oder wie? Willstn Bier?"

Die Tür krachte ins Schloss. Sollte er die Wahrheit sagen? Oder gar nichts? Oder die Geschichte, die er mit Pfütze besprochen hatte? Albin ging wieder auf und ab. Vielleicht käme es ihm zugute, wenn er die Wahrheit sagte? Er fuhr sich durch die Haare, über die Stirn. Er schwitzte. Sein T-Shirt stank, war an den meisten Stellen nicht mehr weiß, sondern bräunlich. Die unzähligen Farben seiner Haare klebten an seinen Händen. Pfütze war nun schon eine Weile weg. Dann ging seine Zellentür auf. Der Bulle führte ihn in ein Büro mit einem großen Schreibtisch. Dahinter saßen ein Mann und eine Frau in Zivil. Beide waren locker gekleidet und wahrscheinlich Mitte dreißig. Sie machten einen sympathischen Eindruck. Albin grübelte immer noch, was er sagen sollte. Er hatte sich noch nicht auf den seinen Stuhl gesetzt, da begann die Frau schon zu sprechen.

„Herr Schneider hat uns bereits alles gesagt."

Albin setzte sich, sackte in sich zusammen. Er dachte daran, dass jetzt ist alles aus wäre: keinen Job mehr, bei seinen Eltern verschissen. Warum musste Pfütze, der Blödmann auch die Wahrheit sagen. Erst noch eine super Ausrede einfallen lassen, und sie dann beide ans Messer liefern.

„Wir wissen jetzt, dass der Einkaufswagen ein paar Punks gehört hat. Wie auch die gestohlenen Getränke."

Albin richtete sich ein wenig auf und versuchte sich die Erleichterung nicht anmerken zu lassen.

„Möchten sie etwas essen?", fragte der Polizist mit den schwarzen Haaren und dem Dreitagebart und hielt Albin eine Birne hin.

„Danke."

Albin griff nach der Birne und biss hinein.

„Aber was uns nicht ganz klar ist", die Polizistin zog Geldscheine aus einem Brustbeutel, der Albin gehörte, „woher haben sie das Geld?"

„Das ist mein Geld. Wir wollen in den Urlaub fahren. Nach Holland."

Der Mann sah auf das Blatt Papier, das vor ihm lag. „Sie machen eine Ausbildung zum Altenpfleger?"

Albin nickte.

„Sie und ihr Freund werden morgen dem Haftrichter vorgeführt. Bis dahin bleiben sie in Untersuchungshaft."

Albin zuckte zusammen und blieb sitzen. Erst, als ihn der zuständige Polizist aufforderte mitzukommen, reagierte er. Die Zelle, in die er jetzt gebracht wurde, war größer als die andere. Er setzte sich auf die Pritsche. Könnte er doch nur mit Corinna darüber sprechen, seiner Mutter erklären, warum er das getan hatte. Corinna würde er mit Sicherheit davon erzählen, seiner Corinna, die nicht mehr seine Corinna war.

Plötzlich öffnete sich die Tür. Die beiden jungen Beamten traten in die Zelle, Pfütze hinter ihnen.

„Kommen Sie. Wir fahren Sie zu ihren Rucksäcken."

Die hatten sie am Morgen in den Büschen versteckt, bevor sie zum Sprengel gezogen waren.

Im Amsterdamer Hauptbahnhof verstauten Pfütze und Albin ihre Rucksäcke in den Schließfächern und schlenderten an den Grachten entlang, hin zu der Straße mit den Coffee-Shops, Kneipen und Discos. Der Rauch etlicher Bongs und Tüten schoss in ihre Lungen und ihre Köpfe. Der Stress in Hannover schien längst der Vergangenheit anzugehören. Jetzt war es an der Zeit, sich einen Pennplatz zu suchen. Auf einer großen, steinernen Brücke stand ein kaputter Typ, mit langen Haaren und einem Rucksack auf dem Rücken.

„Hallo. Kommt ihr aus Deutschland?"

Pfütze begann sofort mit ihm zu quatschen. Albin war eher skeptisch, hatte schon zu viele Horrorstories über Amsterdam gehört.

„Ihr seid Punks oder? Wart ihr in Hannover?"

Jetzt schaltete sich auch Albin in das Gespräch ein, fühlte sich gut dabei, als er von ihrem Knastaufenthalt erzählte.

„He Jungs, wollt ihrn Ticket?", fragte der Typ und schob seine Hand in die ausgefranste Jeans-Jacke. „Dann: Mund auf."

Pfütze streckte ihm sofort die Zunge entgegen und empfing das Löschpapierblättchen wie eine Hostie. Albin zögerte; sein Kopf zuckte, als ihm der Langhaarige das bittere Papier auf die Zunge legte. Da kamen zwei Polizisten die Brücke hinauf geschlendert.

„Ich muss los. Viel Spass noch in Amsterdam". Der Typ ging grinsend davon.

Einen Platz zum Schlafen hatten sie noch nicht. Sie entschlossen sich, erst einmal ein paar Joints zu rauchen, um dann in Ruhe darauf zu warten, dass der Trip zu wirken begann. Sie setzten sich in einen

Coffee-Shop und beobachteten die Horden von Vergnügungssüchtigen, die auf der Straße vorbei strömten. Albin sah die Gesichter der Leute als quabbelige Masse herumwabern und bekam einen heftigen Lachflash. Sein Körper fühlte sich unglaublich leicht an und es zog in seinen Unterarmen.

Später, am Bahnhof, standen zwei Polizisten vor den Schließfächern. Albin dachte panisch, sie würden sofort erkennen, dass er auf Ticket ist und ihn in den Knast stecken. Aber die Polizisten beachteten sie nicht. Auf dem Bahnhofsvorplatz entfaltete sich die volle Wirkung der Droge. Vor ihnen die breite, leere Straße. Weiter hinten auf dem Wasser: unzählige Farbkleckse; vereint, verlaufen, verschlissen. Trotz des schweren Rucksacks fühlte sich Albin noch leichter. Seine Beine waren Sprungfedern, der aufgeputschte Körper hüpfte über die Straße.

„Ein Gummibär, auf Gummibärensaft, in Amsterdam", sinnierte Albin halblaut vor sich hin und erging sich in einem irren Gekicher.

„Die besetzten Häuser müssen da hinten sein", sagte Pfütze. Seine Mimik war eine Mischung aus dämlich zerfahrenem Grinsen und merkwürdig abwesenden Gesichtszügen. Im Grunde hatte er keine Ahnung, wo sie hin mussten. Nur noch vereinzelt kamen ihnen Leute entgegen. Ein junger Mann schob ein Fahrrad und unterhielt sich mit einer Frau. Als er Pfütze und Albin kommen sah, griff er nach ihrer Hand.

„Where are the squad-houses?", platzte Pfütze heraus und zwirbelte an seinen Dreads herum. Der Mann und die Frau blieben stehen. Pfütze fiel nicht auf, dass er sie überrumpelt und verärgert hatte. „The squad-houses!", wiederholte er aufgedreht.

„Do you see: there is the park with the junkies", er wies die Straße hinab: „and there are the squad-houses", er zeigte auf ein verfallenes Gebäude am Ende der Straße.

Pfütze bedankte sich. Er hatte nicht bemerkt, dass ihn der Mann belogen hatte. Aus dem vermeintlichen squad-house hingen weder Transparente, noch war es instandgesetzt; es war ein verfallenes Haus. Sie warfen ihre Rucksäcke über einen Bauzaun, zwängten sich durch die Absperrungen hindurch und liefen hinein. Innerhalb des Hauses fehlten Wände, die ganze Rückfront war nicht mehr vorhanden. Dahinter stand ein Wohnhaus, mit Balkonen, Markisen. In den Wohnungen brannte vereinzelt noch Licht.

„Gehn wir lieber in den Park", sagte Albin und sah sich mit fahrigen Bewegungen um.

„Zu den Junkies? Sollen wir uns aufschlitzen lassen? Du hast doch fett Kohle dabei."

Natürlich wollte er sich nicht von Junkies ausrauben, vielleicht sogar töten lassen. Allein bei dem Gedanken daran schoss das LSD durch seinen Körper, in die Unterarme, katapultierte alle Energie durch seine Finger ins Nirgendwo. Aber auch hier konnten die Bullen sie festnehmen, schließlich waren sie in einem fremden Haus, in einem Abbruchhaus, das war bestimmt illegal. Er hatte wegen der Sache in Hannover schon genug Stress am Hals. Wenn die im Altersheim das mitbekommen würden, konnte er seine Stelle vergessen. Albin legte die Isomatte auf den verdreckten Boden. Überall lagen kleine Würstchen, bestimmt Mäuse- und Rattenscheiße. In einer Ecke lagen Bierflaschen und Tetrapacks. Er drehte sich einen Joint im fahlen Schein der Wohnungen, die das pockennarbige Gerippe des Abbruchhauses erleuchteten. Als er den Joint anzündete, fiel ihm auf, dass Pfütze verschwunden war. Albin rauchte hektisch, aschte ab, stand auf, ging in die andere Ecke, die ganz dunkel war, zog wieder am Joint, zuckte zusammen – Pfütze stand vor ihm.

„Lass mich mal ziehn. Hier ist das beste Stockwerk. Nicht zu weit unten und nicht zu weit oben."

Albin hörte ein Geräusch aus dem Erdgeschoss. Er schlich in die Ecke, zumindest meinte er das. Tatsächlich aber waren seine Schritte auch ein Stockwerk tiefer noch zu hören. Und die Sohle, die er lediglich provisorisch befestigt hatte, schliff auf dem Boden, schlappte jedes mal, wenn er den Schuh hob. Er kauerte sich auf den Boden.

Pfütze tippte sich mit dem Finger an die Stirn. „Jetzt übertreib mal nicht."

Albin presste den Zeigefinger an die Lippen. „Psst. Die Bullen."

Von unten drangen Schritte und Stimmen nach oben. Oder waren es gar keine Bullen? Waren es Junkies, die auch einen Pennplatz suchten? Die gesehen hatten, wie die beiden Punks – sicher Touristen mit Bargeld –, durch den Zaun in das Abrisshaus geschlichen waren. Albin tastete nach dem Brustbeutel. Der war noch da. Nein, es waren keine Junkies, es waren sicher Bullen, die sie festnehmen wollten. Hausfriedensbruch, Landstreicherei. Die Geräusche kamen näher. Jetzt versteckte sich auch Pfütze in einer Ecke. Durch das stellenweise eingestürzte Treppenhaus sahen sie den Lichtkegel einer Taschenlampe. Albin verschränkte die Arme über dem Kopf. Irgendwann wurden die Geräusche leiser, verstummten. Pfütze kam aus seiner Ecke, packte Albin am Arm und kicherte doof.

„Alles klar, sie sind weg."

Albin kam erst nach einer Weile hervor. Er setzte sich auf die Isomatte und drehte den nächsten Joint. Nachdem sie geraucht hatten, legte sich Pfütze in seinen Schlafsack und schlief ein. Albin rauchte noch einen Joint. Zu allem Überfluss musste er auch noch scheißen. Er schleppte sich einen Stock höher. Hier war das Licht der angrenzenden Wohnungen heller. Er zog seine Hose herunter und setzte eine dicke Wurst in die Mitte des Raumes. Er putzte sich den Hintern ab und war wütend auf sich, mit dieser Aktion Beweise hinterlassen zu haben. So konnten die Bullen eine DNA-Probe nehmen und sie überführen. Konnte man von Scheiße eine DNA-Probe nehmen? Hätte er doch in der Altenpflegeschule besser aufgepasst. Hatten sie das überhaupt im Unterricht durchgenommen? Er ging wieder nach unten, legte sich in den Schlafsack, rauchte einen Joint. Er versuchte zu schlafen, aber sein Herzschlag wummerte in seinem Kopf und seinem Hals. Sein ganzer Körper bebte.

Als es dämmerte, war Albin noch immer wach. Er hatte einen Joint nach dem anderen geraucht. Jetzt waren seine Papers alle. Pfütze schlief noch fest. Albin fühlte sich schwach, zitterte, hatte ein flaues Gefühl im Magen. Ich brauche was zu essen, dachte er. Aber wenn ich aus dem Haus gehe, werden mich die Bullen festnehmen. Trotzdem ging er irgendwann mit weichen Knien die Treppe hinunter.

Auf dem Gehweg schlurfte eine alte Frau auf ihren Gehwagen gestützt die Straße entlang. Er fand einen

Zeitschriftenladen, wo er Brötchen und Papers kaufte. An der Kasse lag eine Zeitung mit den Bildern der brennenden Barrikaden aus Hannover und von Punks, die Steine warfen. Der Besitzer sah ihm hinterher, bis er den Laden verlassen hatte. Nach dem Frühstück beschlossen Albin und Pfütze sich auf die Suche nach einem Campingplatz zu machen. Von dort würden sie jederzeit in die Stadt fahren und Dope einkaufen können.

Der Campingplatz war gut belegt und umgeben von Bäumen. Albin und Pfütze entschieden sich für den Platz neben einem Iglu-Zelt, vor dem ein Mädchen und zwei Jungs lungerten. Sofort fiel Albin ein Wohnmobil neben einer kleinen Hütte auf. Und die zwei älteren Männer und Frauen, die immer wieder zu ihnen rüber sahen. Eine große Satellitenschüssel auf dem Dach machte Albin besonders nervös. Ob das Wohnmobil ein deutsches Kennzeichen hatte, sah er nicht. Vielleicht hatten sie zwischenzeitlich schon Interpol eingeschaltet, um sie zu verhaften?

„Mensch Albin, jetzt pass doch mal auf." Pfütze war genervt, weil Albin zapplig war und in der Gegend herum glotzte.

„Pfütze, ich bin mir sicher, dass die uns heute noch abficken."

Zum xten Mal schob Albin die Zeltstange neben der dafür vorgesehenen Öffnung vorbei und bemerkte es nicht einmal. Zornig riss ihm Pfütze die Stange aus der Hand. „Und wegen was bitte? Wegen Kiffen?"

Als das Zelt aufgebaut war, setzten sie sich vor den Eingang. Pfütze drehte einen Joint, hoffte, Albin würde davon ruhiger werden.

„Schau mal, die beobachten uns."

Zwei Zelte weiter setzte sich ein Pärchen Mitte dreißig vor ein rotes Zelt, um ihr Abendessen zu kochen. Der Mann sah hin und wieder rüber, was nicht verwunderlich war, angesichts Albins bunter Haare und seinen versifften Klamotten. Außerdem lief er immer noch herum wie auf LSD.

Beim Abendessen kaute Albin appetitlos Spaghetti und beobachtete die vermeintlichen Zivilbullen dabei, wie sie ihn observierten. Die zwei Jungs und das Mädchen vom Zelt nebenan setzten sich später zu ihnen. Pfütze streckte sich auf der Isomatte aus und auch die drei anderen fläzten sich vors Zelt. Nur Albin stand immer wieder auf, setzte sich, reckte seinen Hals, legte sich hin, setzte sich wieder auf. Den Joint in der Hand, sagte er zu dem Mädchen: „Die wollen uns festnehmen."

Erschrocken sahen sich die beiden Jungs an. Sie waren erst vor kurzem achtzehn geworden.

„Und warum?", fragte einer der beiden.

„Wegen Hannover und dem Abrisshaus."

Albin sah zu dem Pärchen, das jetzt vor dem Zelt saß und ein Glas Wein trank. Pfütze schüttelte den Kopf, deutete auf Albin und machte mit der Hand ein Zeichen, dass Albin verrückt sei. Albin stand auf und ging zu dem Pärchen.

„Warum nehmt ihr uns nicht endlich fest", fuhr er sie an.

Die beiden, verstanden nicht und sahen sich fragend an. „No capisco."

Albin kam zu den anderen zurück: „Die scheiß Bullen machen einen auf Italiener und denken, ich check das nicht."

Nach fünf Bier schlief er vor dem Zelt ein. Pfütze sah ihn noch eine Weile an und deckte ihn mit seinem Schlafsack zu.

Die meisten anderen Besucher des Campingplatzes schliefen noch, als Albin von seinem hektischen Puls in den Morgen katapultiert wurde. Er zog sich an und fuhr direkt zum Bahnhof. Er kaufte sich ein Ticket nach Fürth; ein ICE-Ticket. Seine Ersparnisse waren damit erst einmal aufgebraucht, aber er hatte die Polizei abgehängt und sie konnten ihn nicht mehr festnehmen. Im vollbesetzten ICE hielt Albin die in Staniol-Papier verpackten 1,5 Gramm Manali-Shit und die drei Gramm Thai-Gras in der Hand. Der Typ mit der Sonnenbrille, der ihn verstohlen musterte, war sicher ein Bulle. Also ging Albin aufs Klo, nahm den Shit, die Hälfte des Grases, schob es sich in den Mund und spülte den bitteren Brei mit mahlenden Zähnen und etlichen Schlucken Bier hinunter. Kurze Zeit später drückte es Albin in den Sitz und er hörte nicht mehr, wie sich die anderen Fahrgäste beim Schaffner über den stinkenden Punk beschwerten. In Fürth wachte er auf.

Eine Woche später erhielt er von Pfütze eine Karte mit einem Cannabis-Blatt auf psychedelischem Hintergrund: „Bin mit den dreien vom Campingplatz unterwegs. Wir wohnen in einem besetzten Haus. Und immer noch kein Bullenstress!"

Noch Monate verfolgten Albin Stimmen, die sich nach einem Punk erkundigten um ihn festzunehmen.

Albin schleppte sich wie jeden Morgen in den Tag. Trotzdem ging er nach dem Frühstück an den Teich, um die Ponys und Enten zu versorgen. Er setzte sich auf die Bank und rauchte eine Zigarette. Der dunkle Teich lag bewegungslos vor ihm. Nur wenn ein Blatt von der Trauerweide ins Wasser schwebte, lösten sich Ringe voneinander, wurden größer, versetzten alles in Bewegung. Und schon nach wenigen Minuten lag wieder die glatte Wasseroberfläche vor ihm. Er dachte an Almud. Ihr Tod hatte einen Orkan in seinem Leben ausgelöst, den kaum einer wahrgenommen hatte. Er zog an der Zigarette und der Rauch verschwand in den Ästen der Weide. Vom Rauchen wurde er nur noch kraftloser. Am liebsten hätte er sich ins Bett gelegt, in den Schlaf geflüchtet. Stattdessen stand er auf und ging über den Kies.

Schwalben fetzten über die Wiese und kündeten von schlechtem Wetter.

Über die knirschenden Kiesel krochen verwaschene Stimmen.

„Eine Schizophrenie kann nicht ganz ausgeschlossen werden.“

Vor dem Fachwerkhaus war niemand zu sehen. Vielleicht hatten die Therapeuten gerade eine Sitzung im Teamraum und sprachen über ihn.

„Sein Verhalten tendiert eindeutig in Richtung Schizophrenie.“

Die Stimme von Sibylle hörte er nicht, es waren ausschließlich Männerstimmen. Der Druck in seinem Bauch wuchs. Er ignorierte die Stimmen und öffnete die quietschende Tür der Scheune. Der strenge Geruch von Entenkot und Pferdemist empfing ihn.

„Wenn er nicht in der Arbeitstherapie ist, liegt er im Bett und schläft.“

Albin hatte die Symptome in seiner Altenpflegeausbildung gelernt. Paranoid-halluzinatorische Schizophrenie: Rückzugsverhalten, Realitätsverlust. Er erinnerte sich sogar an eine Prüfungsfrage: Ein Mann Anfang Dreißig geht nicht mehr aus seinem Zimmer, pflegt keine sozialen Kontakte mehr. Eine falsche Antwort wäre Depression gewesen.

„Den starren Blick hat er auch.“

Albin streichelte Bonnie über den Kopf, das Pony wieherte. Die Stimmen verstummten. Albin musste an die Zeit vor der Therapie denken, die Wochen des Wartens, der Ungewissheit, die sich endlos hinzogen. Die immer gleichen Stunden auf der Couch, im Wohnzimmer seiner Eltern, die Hitze des Sommers. Das Brummen der Rasenmäher in den Gärten der Nachbarn. Die Stimmen, die über ihn hereinbrachen, wie ein akustischer Hagel aus Nägeln und Scherben. Endlich kam der Tag, an dem Klarheit geschafft werden sollte.

Der Psychiater hatte seine Praxis in der Stadt, in der Albin auch seine Ausbildung zum Altenpfleger gemacht und später in einem Altenheim gearbeitet hatte. Er hoffte, keinen seiner ehemaligen Kollegen oder Freunde zu treffen, Fragen nach dem: „Und, was machst du jetzt?“, beantworten zu müssen.

Die Praxis war in der Nähe des Schwesternwohnheims, an der Hauptstraße, neben einem Autohaus. Ein weißes, unscheinbares Gebäude. Eine blonde, unscheinbare, Arzthelferin brachte Albin ins Sprechzimmer und lächelte ihn an. „Warten Sie bitte hier, der Doktor kommt gleich.“ Albin schoss das Blut in die Ohren.

Der Psychiater war ein älterer Mann mit grauen Locken. Er war groß und bewegte sich sehr langsam. Wenn er saß, hingen seine Schultern leicht nach vorne, was wegen seiner Größe besonders auffiel.

„Welche Drogen haben sie denn genommen?“

„Alles, außer Heroin, Ecstasy und Crack. Aber Opiate in Tabletten- und Tropfenform.“

Der Psychiater wollte noch wissen, wie lange und wie viel, wann und was beim letzte Mal. Wann er die Stimmen zum ersten Mal gehört hatte und was sie zu ihm sagten.

„Und jetzt denken sie, dass Sie Schizophren sind?“

Albin versuchte den Blick zu halten, sah aber nach kurzer Zeit wieder weg. Er wusste, dass ein starrer Blick ein Symptom der Krankheit war. Der Psychiater wich seinem Blick keine Sekunde aus. Albin nickte.

„Ich kann Sie beruhigen, es handelt sich um eine drogeninduzierte Psychose, die nach einiger Zeit wieder abklingen wird, sofern sie keine Drogen mehr nehmen.“

Albin atmete hörbar aus. Als er an der Sprechstundenhilfe vorbeiging, lächelte sie ihn an, schon das zweite Mal. Vielleicht wusste sie ja, dass er so etwas wie ein Kollege war?

Warum war er ausgerechnet Altenpfleger geworden? Hilfsbereit war er schon immer gewesen, hatte Regenwürmern über die Straße geholfen und Spinnen vor dem hungrigen Staubsauger seiner Mutter gerettet. Vielleicht hatte er sich wegen seiner Klausi-Oma für die Altenpflege entschieden. Sie hatte auf ihn und seinen Bruder aufgepasst, wenn seine Eltern schufteten, um das Reihenhaus abzubezahlen. Schließlich sollten die Kinder es einmal besser haben.

Sie streichelte ihm den Kopf und ging mit den Brüdern ins Dorf-Schwimmbad, zum BITTNER, wo sich die Bremsen an ihnen und sie sich an Brause und Wassereis labten. Der Gedanke ließ ihn ruhiger werden. Sie freute sich auch später noch über seine Besuche, hörte ihm zu, trotz seiner beschmierten Punkerjacke mit dem A auf dem Rücken, nannte ihn liebevoll „mein Doktor", als er das Examen in der Tasche hatte und sie immer älter und gebrechlicher wurde. Ganz im Gegensatz zu Paula-Oma. Sie und Paula-Opa hatten ihn oft auf eine Hütte in die Schweiz, in das berühmte Sankt Moritz mitgenommen, zum Skifahren. Das Skifahren hatte er genossen, aber die Mahlzeiten waren die Hölle gewesen. Er erinnerte sich an Paula-Oma, mit ihren großen Augen, ihrem großen Mund, der ihn anfuhr: „Warum zitterst du denn so? Du bist schon wie dein Onkel Friedrich." Albin hatte sich bei den folgenden Mahlzeiten immer besonders angestrengt, nicht zu zittern. Doch je mehr er sich anstrengte, umso weniger konnte er es lassen. Dabei war er schon von Geburt an mager gewesen, hatte Nasenbluten gehabt und in der Nacht oft ganze Unterhemden damit vollgesaut. Aufgrund seines niedrigen Blutdrucks war er in der Schule regelmäßig umgekippt. Wenn sie dann endlich aus Sankt Moritz zurück waren, schwor er sich, nie wieder mitzufahren. Und doch fuhr er im nächsten Jahr wieder mit und ließ sich quälen.

Auch die Arbeit im Altenheim war die reinste Qual gewesen. Er sah Frau Wugel wieder vor sich: wie sie im Bett dagegen angekämpft hatte, dass Albin ihr den um den Bauch gelegte Fixiergurt löste, um die Windel zu wechseln. Er erinnerte sich, wie sein eigener fester Griff in der Hektik des Alltags ihre Knochenarme packte, wie ihre pergamentartige, ausgetrocknete Haut wie ein Stück Papier riss und Frau Wugel vor Schmerz laut aufschrie.

Nina, die plötzlich neben ihm stand, riss ihn aus seinen Gedanken: „Na, alles klar, Arnold Schwarzenegger?"

Albin konnte sich ein Grinsen nicht verkneifen.

„Schön, dich zu sehen", sagte sie so, als würden sie sich schon Jahre kennen. „Hast du eine Kippe für mich?" Sie zündete sich die Zigarette an. „Noch Platz für eine alte Frau?"

Albin fiel wieder ein, dass Nina schon eine Tochter hatte. „Aber bitte doch."

„Jetzt mal im Ernst, wie geht's dir denn so?"

„Geht so. Aber immerhin bin ich endlich hier."

„Wieso endlich?"

Eine Gans watschelte zwischen Albins und Ninas Füßen entlang und quakte. Nina ließ vor Schreck die Zigarette fallen. Wieder lachten die beiden. Albin gab ihr noch eine. „Die vom Gut wollten von mir unbedingt einen Nachweis über einen stationären Entzug haben."

„Ja, und?"

„Ich habe in den Wochen, bevor ich hier her kam EINEN Joint geraucht und EIN Bier getrunken. Und als ich bei den Entgiftungsstationen angerufen habe, meinten die, ich bräuchte keinen Entzug mehr, weswegen ich auch keinen Nachweis liefern konnte."

„Logisch." Nina zog eine Uhr aus der Hosentasche. „Verdammt. Ich bin schon wieder zu spät. Bis demnächst in der Folterkammer, Gandhi."

Albin sah ihr verwundert hinterher. Eine Windböe trug das Laub kreisförmig nach oben, zerstreute es in alle Richtungen. Wie sie bloß auf den Namen Gandhi kam?

Nach der Wirbelsäulengymnastik blieb Albin wie immer länger als die anderen. Er und Nina standen vor der Turnhalle, rauchten und quatschten. Es war kalt, aber die Sonne schien ihnen ins Gesicht. Je herbstlicher es wurde und je näher der erste November rückte, desto mehr holte ihn die Schuld der Vergangenheit ein und erschwerte ihm den Alltag, der noch nicht einmal einer war. Weil er ständig müde war, legte er sich jede freie Minute ins Bett und schlief. Auch die Stimmen – meist von Therapeuten oder Patienten –, hörte er noch schimpfen, wenn auch seltener. Die Unterhaltungen mit Nina waren anders, fühlten sich gut an. Jetzt, wo sie über Chakren sprach und wie sie die Energie der Menschen beeinflussten, sah er nur noch, wie sich ihre Lippen bewegten, die Worte aus ihrem Mund tanzten.

„Hörst du mir eigentlich zu?", fragte sie.

Es war keine vorwurfsvolle Frage, die Albin aus seinen Gedanken riss. Albin hatte Nina überhaupt noch nie schlecht gelaunt erlebt. Nur wenn Torben und die anderen während der Wirbelsäulengymnastik störten, wurde auch Nina ärgerlich. Ihre Frage klang mehr, als würde sie sich sorgen. Albin überlegte, wie er formulieren sollte, was ihn bedrückte.

„Was geht dir im Kopf rum?" Sie zog an der Zigarette und verschränkte die Arme vor dem Oberkörper.

„Ich muss mich entscheiden, ob ich weiter mit Torben in einer Gruppe sein kann."

„Und wo liegt das Problem?"

„Er ist ein Fascho. Und ich habe nicht nur einmal von Nazis eine aufs Maul bekommen. Außerdem will ich nicht, dass er private Dinge von mir erfährt, mit denen er mir draußen schaden könnte.“

Nina dachte nach.

„Und ...“, Albin stockte. Vielleicht sollte er es lieber für sich behalten. Nina sah ihn an. Die kleine Nase und die Knopfaugen hatten etwas kindlich Verspieltes. „In zwei Tagen ist der Todestag meiner Freundin Almud, die sich umgebracht hat, nachdem ich Schluss gemacht habe.“

Nina wollte gerade an der Zigarette ziehen, stoppte, ihr Mund blieb offen, ihr Atem malte Wölkchen in die Luft. „Und dafür gibst du dir die Schuld?“

„Ich bin schuld! Ich hätte nur Ja sagen müssen, als sie mich gefragt hat, ob sie noch einmal vorbeikommen kann. Aber ich hatte am nächsten Tag Dienst mit einer Schwester, mit der ich schon einmal Probleme hatte und da ...“ Albin unterdrückte die Tränen. Er konnte nicht weitersprechen.

„Weißt du, Albin ...“ Auch sie stockte.

„Ja ... was?“

„Jeder hat sein Leben bis zu einem gewissen Grad selbst in der Hand. Und dein Nein war mit Sicherheit nicht der einzige Grund, warum sie das getan hat.“

Albin starrte zu Boden, zündete sich die nächste Zigarette an. „Ja, aber wegen mir hat sie angefangen zu kiffen und auch härtere Sachen zu nehmen. Später hat sie sich dann auch wie ein Punk angezogen und sich eine Ratte besorgt.“

Er sah sie wieder vor sich. Eines Nachts rief sie ihn an, völlig bekifft, ob sie noch kommen könne. Es war, nachdem er das erste Mal Schluss gemacht hatte.

Albin war bis oben hin voll mit Alk und Codein-Tabletten, die er der Mutter eines Freundes aus dem Medikamenten-Schrank geklaut hatte. Er wollte wieder einmal versuchen, vier Wochen lang nicht zu kiffen, um den Urintest in der Altenpflegeschule zu bestehen. Kerzen brannten, Dub lief und er massierte Almud mit Jasmin-Öl. Seine Finger wanderten immer weiter, von der Wirbelsäule bis zu den Brüsten. Am nächsten Morgen beutelten ihn der Alk und Codein-Entzug und er ignorierte Almud, als wäre sie schuld an seinem abhängigen, kraftlosen Körper. Wie benutzt musste sie sich gefühlt haben?

Die Zeit war viel zu schnell verstrichen und Albin musste sich von Nina verabschieden. Als er sich umdrehte, stand sie immer noch da und winkte ihm nach. Jetzt sah Albin Torben auf der Bank um die Ecke sitzen und ihm hinterher glotzen. Hatte er dort schon die ganze Zeit gesessen? Und alles gehört?

Er hängte den Hörer an die Gabel der Telefonzelle im Keller des Gutes. Zwei Monate war er nun hier. Corinnas Stimme hatte so vertraut geklungen. Aber da war auch noch Nina. Im Augenblick gab ihm allein ihre Anwesenheit sehr viel Kraft. Und wenn sie ihn anlachte und das Muttermal neben ihren Lippen tanzte, war er für den Moment jemand anderes. Jemand mit weniger Problemen. Albin war verwirrt und wusste nicht, welche Gefühle der Vergangenheit und welche der Gegenwart entsprangen. Das letzte Mal hatte er Corinna gesehen, als sie zusammen in Albins Keller gesessen und einen Spliff geraucht hatten. Corinna war damals schwanger, von einem Typen, der mittlerweile wegen Körperverletzung saß. Wohlgefühlt hatte sich Albin damals nicht. Corinna mit dem dicken Bauch, ein winziges Menschenkind darin ... Albin drehte trotzdem einen Joint. In der schweren Zeit nach Almuds Tod war er froh, überhaupt Gesellschaft zu haben. Er, dem es ansonsten immer so wichtig war, authentisch zu sein, seine Meinung zu sagen und nicht stumm zu bleiben, selbst wenn es für ihn von Nachteil gewesen wäre.

Er dachte an den Tag, an dem ihn Corinna zur Seite genommen hatte. Die Sonne blitzte durch das nackte Geäst des Baumes, unter dem sie standen. Im Grunde war es kein Tag für eine schlechte Nachricht. Sie sah in den Himmel und dann in seine Augen, als könnte ihr Blick sein Verständnis wecken. Wahrscheinlich ahnte sie schon, wie er reagieren würde.

„Albin, ich liebe dich." Er freute sich nicht wirklich über das Bekenntnis, dafür war es zu absehbar gewesen. „Aber ... ich wollte dich fragen, ob wir nicht eine offene Beziehung führen können. Wo jeder auch mit anderen schlafen kann."

Albin starrte sie an. Sein Kiefer verspannte sich. „Mit anderen ficken? Bist du jetzt ein Scheiß-Hippie geworden, oder was? Dann mache ich lieber Schluss, das kann ich nicht." Er drehte sich um und ging. Nein, das konnte er nicht. Dann wollte er lieber alleine sein.

Zuhause wartete sein Freund, der Eimer, auf ihn, den er aufzog, bis die Plastikflasche ohne Boden prallgefüllt mit gelbem Hasch-Tabak-Rauch war. Als er die Flasche nach unten drückte, schoss der Rauch ins Gehirn und der Druck auf die Schädeldecke verstärkte sich, bis er sich nach ein paar Minuten auflöste. Später am selben Tag hatte er sich noch mit den anderen vom Stadtpark getroffen, hatte abgecheckt, was sie an Drogen auf Lager hatten. Selbst Pfütze war erstaunt über Albin, als der sich einfach das Ticket auf die Zunge legte. Er, der bis jetzt immer großen Respekt vor LSD gehabt und es beim ersten Versuch belassen hatte, weil die Angst vor einem Horrortrip zu groß gewesen war? Wenige Tage nach der Trennung von Corinna, fand eine der berüchtigten Parties der Altenpflegeschule statt. Albin und Pfütze trafen erst um Mitternacht ein, weil sie in Albins Schwesternwohnheimzimmer noch ein paar Eimer geraucht hatten. Es gab roten Libanesen, eine für Franken ganz und gar seltene Köstlichkeit und ein Six-Pack Becks.

Ein paar von Albins Klassenkameraden standen vor der Tür und begrüßten ihn mit Bierflaschen und Cocktailgläsern in den Händen. Unter ihnen war auch Almud, neben einem Typen mit Glatze, den Albin schon oft mit ihr gesehen hatte. Angeblich ihr Ex-Freund. Sie brachen gerade auf. „Hallo Albin", sagte sie.

Sie hatten sich schon auf Wohnheimparties getroffen. Almud sah ihn durchdringend aus ihren erdbraunen Augen an, die in das nur wenig hellere Gesicht eingebettet waren. Wie selbstverständlich nahm sie ihn ungewöhnlich lange in die Arme, um sich von ihm zu verabschieden. Dabei streifte Albin ihre langen, schwarzen Haare.

„Und, was macht ihr heute noch?", fragte Albin.

„Wir fahren in die Stadt."

„Könnt ihr mich mitnehmen?"

Albin wollte nicht in die Stadt, aber er wollte bei Almud bleiben. Auf dem Beifahrersitz und auf dem Rücksitz lagen leere Bierkästen.

„Ihr müsst euch hinten zwischen die Kisten zwängen ", sagte Almuds-Ex, „die brauche ich morgen zum Bierkastenklettern."

„Kein Problem", sagte Almud und grinste Albin an, „dauert eh nicht lange."

Er zwängte sich neben Almud auf den Rücksitz. Unauffällig wischte er seine schwitzigen Hände an der Hose ab.

„Wo willst du denn noch hin?", fragte Almud.

Albin konnte ihren Atem spüren: er roch Rotwein. Viel zu spät zuckte er mit den Schultern. Draußen schossen Leuchtreklamen, Ampeln und Menschen vorbei. Er spürte nur Almuds Oberschenkel, in den Kurven ihre großen Brüste. Sein Atem ging schneller. Irgendwann streichelte er ihre kalten Hände. Sie ließ es stumm geschehen und blickte nach vorne aus dem Fenster. Als sie angekommen waren, konnte Albin wegen der Kindersicherung die Tür nicht öffnen. Almuds Ex stieg aus. Albin nutzte den Moment und drückte ihr einen Abschiedskuss auf die Wange.

„Beim nächsten Mal." flüsterte sie ihm ins Ohr.

Albin ging in die Cafete, um eine zu rauchen. So ein dicker Spliff wäre jetzt genau das Richtige. Und den Stress mit Torben einfach in Rauch aufgehen lassen. Im Grunde musste er dafür nur durch die Tür gehen, zum nächsten Bahnhof trampen; und endgültig verrückt werden.

Diesen Tag würde Albin nie vergessen. Erst war es sonnig und warm. Doch dann kamen die Wolken. Mit den Wolken kam der Regen, und mit ihm kam die Veränderung, kam das Gift, gelbes Gift.

Albin flüchtete vor dem Regen, ging schneller, hastete, rannte. Noch im Rennen zerrte er sich sein T-Shirt über den Kopf. Zu Hause brauchte er viel zu lange, um den Schlüssel ins Schloss zu kriegen. Er riss die Tür auf und schlug sie hinter sich sofort wieder zu. Mit seinem nackten Rücken rutschte er an der Tür zu Boden und schluchzte. Ein Klopfen aus der Küche unterbrach ihn in seinem Schluchzen. Er zog sich an der Klinke nach oben und öffnete langsam die Küchentür. Das Klopfen kam aus dem Kühlschrank. Er hielt sich die Ohren zu, um zu testen, ob dieses Geräusch nur seinem Gehirn entsprang. Doch das Einzige, was er hörte war das leise Piepsen seines Tinnitus. Er nahm die Finger aus den Ohren, und da war es wieder. Seine Fingerspitzen waren gelb, rochen säuerlich. Säure! Säure konnte Haut zersetzen, seine Haut zersetzen, war aggressiv. Schnell schloss er das Fenster, drehte mit seinen Ellbogen den Wasserhahn auf und wusch sich die Säure von den Fingerspitzen. Zu langsam, viel zu langsam, seine linke Hand verschwand vor seinen Augen. Unter Schwierigkeiten zog er Hose und Unterhose aus. Erst dann stellte er das Wasser ab und hörte wieder das Klopfen, es kam aus seinem Kühlschrank. Er zögerte. War das Gelb bis in seinen Kühlschrank vorgedrungen? Und hatte dafür gesorgt, dass die Lebensmittel in seinem Kühlschrank mutierten? Und dann war da noch das Stöhnen einer Frau, das er nur allzu gut kannte, allerdings nicht so laut. Er näherte sich langsam dem Kühlschrank und lauschte. Das Stöhnen wurde lauter, kein Stöhnen aus Schmerz oder Qual, eher ein lustvolles Stöhnen. Sein Mund wurde trocken, sein Atem schneller und er bekam einen Ständer. Er öffnete den Kühlschrank. Was er sah, schuf wieder ausreichend Platz in seiner nicht mehr vorhandenen Hose. Sein potthässlicher, nichtsnutziger Nachbar lag in seinem Kühlschrank. Im mittleren Abteil seines Kühlschranks. Arno Widerich auf Zwergengröße zusammengeschrumpft. Und er lag dort nicht alleine. Er lag mit seiner Corinna auf den weißen Stangen. Nackt. In Albins Kühlschrank. Neben einer verrunzelten Gurke und zwei Tomaten. Corinna lag ihm zugewandt – auch sie nackt und wie Arno zu Zwergengröße geschrumpft. Sie hatte die Augen geschlossen und stöhnte immer noch ungehemmt. Arno lag in der Löffelchenstellung hinter ihr, bewegte seine Hüfte langsam und grinste. Und anstatt sich auf den Liebesakt zu konzentrieren, fixierte er Albin. Reflexartig knallte der die Tür des Kühlschranks zu. Corinna mit Arno? Arno mit Corinna? Im Kühlschrank? Wie sie sich in der Löffelchenstellung liebten? Sein Blick fiel auf das „extra hot chilli powder", das ihm der Inder im Asialaden empfohlen hatte. Mit Eiswürfeln aus dem Gefrierfach und kaltem Wasser gab er es in einen Becher; dann öffnete er den Kühlschrank erneut. Arno und Corinna waren noch immer zu Gange. Nur saß Corinna jetzt auf Arno. Arnos Augen wurden immer größer, als er den Becher sah. Genüsslich duschte Albin die beiden mit der eiskalten Chilibrühe. Brüllend stieß Arno Corinna von sich und hüpfte in den Wellnessdrink. Mit einem zweiten Schrei stürzte sich Corinna in eine offene Packung Speisequark.

Um das Gezeter der beiden nicht länger mit anhören zu müssen, stieß Albin den Kühlschrank zu. Er hörte sie trotzdem, aber es war ihm jetzt egal, da er sah, wie der Boden Zentimeter um Zentimeter näher kam. Obwohl er aufrecht stand, kam er näher. Albin sah zu, wie sich erst seine Füße, im Anschluss die Beine, und dann die Oberschenkel auflösten, bis er schließlich auf seiner Hüfte stand. Der Tisch reichte ihm bis zum Kopf und zu allem Übel musste er jetzt dringend pinkeln. Er robbte ins Bad und lehnte sich mit dem Rücken an die Badewanne. Von hier aus wollte er versuchen, in hohem Bogen in die Toilette zu treffen. Doch als er seinen Schwanz herausholen wollte, griff er ins Leere, ihm wurde schwindlig, er kippte vornüber und stieß mit dem Kopf auf die Schüssel. Der Geruch von Reinigungsmittel drang in seine Nase. Schweißperlen rannen ihm über die Stirn. Im türkisen Toilettenwasser schwamm eine Yacht. Eine Miniaturyacht. Auf dem Deck standen Albins Vater und seine Mutter. In Miniaturausführung und doch größer als jemals zuvor. Sein Vater trug ein blau-weiß gestreiftes Hemd und eine Kapitänsmütze, seine Mutter ein knallrotes Ballkleid. Gerade hatten sie sich noch angeregt unterhalten. Jetzt waren sie verstummt. Seine Mutter setzte den ihm wohlbekannten, allen Rügen vorangehenden Gesichtsausdruck auf, und sein Vater runzelte wie immer missbilligend die Stirn.

„Was hast du denn für Pupillen?“, schimpfte seine Mutter.

„Ob ich auf Trip bin oder nicht, das lasst mal meine Sorge sein“, schrie Albin, kroch ins Wohnzimmer und zog sich auf den Stuhl vor dem Aquarium hoch. Mit der funktionstüchtigen rechten Hand und einem Kescher holte er den fettesten Piranha aus dem Aquarium und tat ihn in ein Glas. Das schob er ins Bad und leerte es in die Schüssel. Das Wasser sprudelte und schäumte.

„Normal", dachte er, worauf es zischte und sein Kopf verpuffte, „normal ist nur Benzin."

Im letzten Augenblick löste sich auch der Rest seines Körpers auf und die Welt schnurrte sich zu einem schwarzsirrenden Loch zusammen.

Albin konnte noch nicht schlafen und ging mehrmals aus dem Zimmer, um zu rauchen. Er befürchtete schon, Kai würde ihn deswegen anmotzen. Dennoch stand er erneut auf und ging in den WG-Raum. Dort sah er aus dem Fenster. Wenn er jetzt gehen würde, wäre alles umsonst gewesen, und er würde nach kurzer Zeit genau da weitermachen, wo er aufgehört hatte. Wieder kiffen, wieder saufen, immer wieder damit aufhören und doch immer wieder damit anfangen, vielleicht sogar wieder härtere Sachen nehmen. Die anderen anlügen, sich selbst anlügen. Aber vielleicht konnte er ja einfach weniger rauchen und nicht mehr saufen.

Dicke Schneeflocken wirbelten durch die Luft, jagten sich unter den Lampen und waren sich doch auch egal. Albin rauchte noch eine und beobachtete ihr Hin und Her. Er wollte nicht aufgeben. Vielleicht gab es im Moment keine Lösung für das Problem mit den Faschos hier. Er musste abwarten, was der morgige Tag bringen würde. Zu gerne hätte er jetzt eine Bong geraucht oder auch nur einen Joint. Aber eine Antwort würde auch das nicht bringen.

Albin legte sich ins Bett und schlief endlich ein. Doch schon nach kurzer Zeit rüttelte ihn der Wecker aus wilden Träumen. Er war der Letzte, der in den Gruppenraum kam. Torben saß zwischen Maximilian und Kai. Sie wirkten auf Albin, wie seine Hunde, was sehr gut zu einem Fascho passte, denn ohne die anderen waren sie nichts.

Giso, der Neue, saß neben Sibylle, ganz in Schwarz gekleidet. Die leicht gewellten Haare hatte er mit Wasser nach hinten gekämmt. Albin setzte sich auf die andere Seite.

Vielleicht wäre heute sein letzter Tag in der Gruppe. Allein bei dem Gedanken nahm der Druck in Albins Bauch etwas ab.

„Und, zu welchem Ergebnis seid ihr gekommen, Torben, Albin?"

Torben sah Albin an, Albin sah Torben an. Albins rechtes Augenlid zuckte, er zog die Nase nach oben, damit Torben nicht sah, falls er mit dem Kopf zucken würde. Torben sah an die Decke.

„Also ... ich wollte eh aussteigen", sagte Torben.

Albin war baff. Sein Augenlid hörte nicht mehr auf zu flattern.

„Wie aussteigen?", hakte Sibylle nach. „Willst du in eine andere WG?"

„Nein." Er starrte immer noch an die Decke, rieb die Hände aneinander. „Aus der Gruppe, wo ich war."

„Das ist ja Klasse", sprudelte es aus Albin heraus, „Ich weiß da eine Organisation, die Aussteigern hilft: EXIT."

„Kenn ich auch. Brauch ich nicht."

„Ich finde das echt toll, Torben. Ich bewundere deinen Mut", sagte Albin.

„Dass sehe ich auch so", sagte Sibylle.

Kai und Maximilian sahen Torben erstaunt an.

„Schön, dann können wir die Gruppe also so belassen, wie sie ist. Ihr seid nicht hier, um politische Grabenkämpfe auszutragen, sondern um mit eurer Sucht klarzukommen. Und darum will ich auch, dass in Zukunft sämtliche Provokationen unterlassen werden. Auch keine politisch gefärbte Musik mehr im WG-Raum, o.k.? Weder rechte noch linke. Einverstanden?!"

„Versprochen", sagte Albin.

Maximilian und Kai glotzten immer noch Torben an.

„Okay", nickte der nur.

„Und morgen läuft er mit Strapsen rum", flüsterte Kai Maximilian zu.

Der lachte nur kurz: „Ich möchte aber trotzdem in ein anderes Zimmer."

„Wäre es für dich in Ordnung, mit Albin in einem Zimmer zu sein?", fragte Sibylle Giso.

Giso nickte. Kai hatte nicht viele Sachen, so dass der Umzug in wenigen Minuten über die Bühne ging. Zuletzt schob er seine Porno-Hefte in eine Tasche.

„Diese Gesellschaft ist verpestet von Sexualität", sagte Giso und sah Kai hinterher.

„Stimmt." kommentierte Albin. „Überall halbnackte Frauen, die von Plakatwänden herunter lachen, zum Objekt degradiert, um den Konsum zu fördern."

Giso sprach weiter, als hätte er nicht gehört, was Albin gesagt hatte. „Das einzig wahrhaftige wäre eine Revolution."

Dem konnte Albin nur zustimmen.

„Das hehre Ziel dieser Revolution muss die Asexualität sein. Kastration Peace. Nur ein Leben ohne Sexualität kann uns in die wahre Freiheit führen. Kastration Peace. Keine Männlichkeit, keine Weiblichkeit."

Albin erschrak über Gisos Worte, der musste bekloppt sein. Giso rollte die Ärmel seines schlapprigen, schwarzen Pullis nach oben. Lange Narben, rote Schläuche durchzogen seine Unterarme, von unreinem Heroin verstopfte Venen, die operativ geöffnet worden waren. „Meine unzähligen Reisen in das Land der Opiate und psychedelischen Geschenke der Pflanzen, haben mir diese Weisheit offenbart." Giso griff nach der Bibel auf seinem Bett und schlug sie sich immer wieder gegen die Brust. „Wäre diese Revolution schon vor meiner Geburt vollzogen worden, hätte mein Stiefvater seine satanischen Werke nicht an mir verrichten können." Wütend schleuderte die Bibel in die Ecke.

Die Glocke vor dem Haus begann zu läuten. Giso und Albin gingen essen, auch die anderen strömten zu den Tischen. Torben beachtete Albin nicht. Sonnenlicht durchflutete den Raum, Geschirr klapperte, Patienten plauderten. Auf dem Vegetarier-Tisch standen Schüsseln, gefüllt mit Kartoffeln, Spinat und Rühreiern. Giso saß Albin gegenüber. Er bediente sich bei den Kartoffeln und beim Spinat. Bei den Eiern hielt er inne. Albin beobachtete ihn. Giso sah ihn an.

„Denkst du, ich kann das verzehren?" fragte er leise.

Albin war erstaunt über Gisos scheinbar grundlose Frage, doch dann fiel ihm ihr Gespräch wieder ein.

„Denkst du, ich kann das verzehren?", fragte Giso erneut.

„Wenn du dir unsicher bist, würde ich es bleiben lassen."

Albin kannte die libidosteigernde Wirkung von Eiern. Allerdings wusste er nicht, ob er repräsentativ war. Seitdem sich Corinna zu Besuch angekündigt hatte, dachte er jedenfalls noch öfter an Sex als sonst.

Torben saß alleine auf der Couch, als Albin am Samstag Abend in den WG-Raum kam. Das Licht war gelöscht und nicht einmal Musik war an. Fast hätte Albin wieder kehrt gemacht, aber er wollte eine rauchen und dafür nicht die ganzen Treppen hinunterlaufen. Also setzte er sich an einen anderen Tisch. So musste er ihn zumindest nicht ansehen. Albin zog an seiner Zigarette und hörte, wie Torben aufstand. Er legte die Zigarette in den Aschenbecher und machte sich bereit, einen Angriff von hinten abzuwehren. Aber Torben setzte sich nur auf den Stuhl gegenüber. Sein Gesicht unterschied sich kaum von der gelben Wand.

„Haste für mich auch ein bisschen Tabak?"

Wortlos schob ihm Albin den Tabak rüber. Torben sah ihn nicht einmal an. Er ließ die Badelatschen fallen und legte die Füße auf den Stuhl neben sich.

„Du hast doch früher im Altenheim gearbeitet, oder?"

Albin war schon erstaunt darüber gewesen, dass sich Torben zu ihm gesetzt hatte, aber das er auch noch mit ihm sprach und persönliche Fragen stellte, kam ihm mehr als eigenartig vor.

„Ja."

Noch immer sah Torben Albin nicht an, er bearbeitete den Filter der Kippe mit Daumen und Zeigefinger. „Mein Opa ist im Altenheim. Aber irgendwie fühlt er sich da nicht wohl. Die geben ihm sein Essen nicht, wenn er selber nicht isst und trinken tut er auch zu wenig. Ich kann aber auch nicht jeden Tag zu ihm", er seufzte, „weil ich hier bin."

Für Albin war es nichts Neues, dass die Alten schlecht versorgt wurden. Neu war, dass Torben der Fascho, ihn, die Zecke, um Rat bat. Wollte er ihm eine Falle stellen? Jetzt sah Torben ihn endlich an.

„Am besten wäre natürlich ein teures Heim. Aber selbst da ist es nicht sicher, dass er gut versorgt wird", sagte Albin um das Gespräch möglichst schnell zu beenden.

„Und was kann man machen, in einem normalen Heim?"

„Wenn man genug Geld hat, kann man eine zusätzliche Pflegekraft anstellen. Eine private Schwester sozusagen."

„Und wenn nicht?"

„Dann wäre es am besten, wenn ihr das Pflegepersonal auf die Mängel hinweisen würdet. Und, wenn ihn so oft wie möglich jemand besuchen würde."

„Warum?"

„Damit das Personal sieht, dass jemand kontrolliert, wie es deinem Opa geht."

Torben kramte eine Schachtel Zigaretten hervor und bot Albin eine an.

„Die sind sicher völlig unterbesetzt. Aber wenn sie wissen, ein Bewohner bekommt oft Besuch und die Angehörigen sind da hinterher, dann wird das im Team weitergegeben und der Bewohner wird besser versorgt. Sonst gibt's Ärger mit der Pflegedienstleitung, wenn das rauskommt."

„Weißt wohl, wovon du redest?", sagte Torben ohne jeden ironischen Unterton.

„Ja, leider. Wir waren am Wochenende zu zweit für 24 Bewohner zuständig. Die mussten wir waschen und anziehen, Frühstück und Abendessen vorbereiten, Essen eingeben und ich musste noch spritzen und die Medikamente verteilen."

„Also am besten Kohle besorgen", schlussfolgerte Torben.

Albin nickte.

Torben zerdrückte den Filter seiner Zigarette. „Kein Wunder, dass Opa in der letzten Zeit soviel erzählt, wenn ich da bin. Zum Zuhören ist da wohl sonst keine Zeit mehr, oder?“

„Nein. Ich hatte mal eine Patientin. Die Frau Wellerknecht. Die hat mir erzählt, wie sie früher das Obst und Gemüse mit einem Motorrad und Anhänger zum Hauptmarkt gefahren hat. Sie war nach dem Krieg eine der ersten Frauen mit einem Motorrad.“

„Cool. Mein Opa hatte auch ein Motorrad, mit Beiwagen. Da durfte ich auch mal mitfahren.“ Ein Lächeln huschte über Torbens Gesicht.

Albins Tonfall wurde ernster. „Vom Arbeiten hatte sie einen richtigen Buckel. Und als sie im Sterben lag, habe ich vor lauter Mitleid versäumt, ihr genug Schmerzmittel zu geben. Ich sehe sie heute noch vor mir, wie sie die Augen verdreht und vor Schmerzen weint.“

Da ging die Tür auf und Maximilian kam herein. Torben sprang auf und ging ohne ein Wort hinaus. Albin bereute sofort, dass er Torben so viel erzählt hatte.

Es nieselte, den Himmel überdeckten graue Wolkenschlieren und ein kühler Wind wirbelte das Laub unter der Trauerweide durch die Luft. Nina und Albin rauchten schon die zweite Zigarette. Die anderen Patienten waren gleich nach dem Sport gegangen.

„Wir waren mal wieder in Adam“, begann Albin zu erzählen. Ninas Anwesenheit versetzte ihn in seltsame Plauderlaune. „Dort haben wir Pilze gekauft und sind ans Meer gefahren.“

Er stockte. „Eigentlich wollten wir die Pilze direkt am Meer nehmen, aber davor lag ein hügeliges, durch Stacheldraht abgegrenztes Landschaftsschutzgebiet."

Ein sehnsüchtiges Lächeln huschte über Albins Gesicht und die Vergangenheit rückte in die Gegenwart. „Irgendwann fuhren die Pilze ein."

Albin bemerkte nicht, wie er in den alten Slang verfiel, sich heißredete, in die alten Zeiten zurückfabukatapultierte, sich einen Schuss Suchtdruck setzte, wie es viele der Patienten jeden Tag taten.

„Ich hing vor dem Stacheldraht ab. Wolken verdunkelten die Sonne und ein kühler Wind bewegte das Seegras wie die Haare von einem Troll. Der Dub aus dem Ghettoblaster, die riesigen Windräder, die wie stumme Riesen da standen und nur darauf warteten uns mit ihren Rotoren zu zermalmen, vermischten sich mit dem Flash der Pilze zu einem üblen Film."

Albin stockte wieder. Was jetzt kommen würde, war ihm peinlich. Aber nun hatte er schon zu erzählen begonnen. Und das Vertrauen in Nina war groß.

„Mir war, als würde meine kleine Welt einstürzen. Ich dachte, in die Hose gemacht zu haben und griff mir immer wieder zwischen die Beine. Dann fragte ich meine Freunde, ob ich in die Hose gemacht, in die Hose gepisst, in die Hose geschissen hätte."

Die Worte jagten sich, er holte kaum noch Luft. Nina setzte an, um ihn zu unterbrechen, aber noch bevor sie ein Wort sagen konnte, hastete er weiter. Dann wurde seine Stimme leiser und er sprach langsamer.

„Dann hatte ich einen Filmriss. Die anderen erzählten mir später, sie hätten mich zum Zelt zurückgeführt und ich wäre mit meiner Decke und meinen Klamotten ständig am Stacheldraht hängengeblieben. Als der Filmriss vorbei war, flashte mich das LSD aber immer noch. Meine Welt hatte sich total verändert. Ich hatte mein altes Leben zerstört. Meine Familie, meine Eltern, meine Großeltern, alle hatten sich von mir abgewandt. Und ich wusste nicht einmal, warum."

Die Zigarette war abgebrannt, ohne dass er auch nur einmal daran gezogen hatte. Letzte Rauschschwaden wanden sich durch seine Finger. Er versuchte, sich eine neue Zigarette zu drehen, was an seinen zitternden Händen scheiterte.

„Du hast dich gefühlt wie einer deiner Bewohner im Altersheim", sagte Nina mit sanfter Stimme und gab ihm eine von ihren Zigaretten. „Du hast dich abhängig gefühlt."

Albin nickte. Nina legte ihre Zigarette in den Aschenbecher und gab ihm Windschutz, berührte seine Finger länger, als es nötig gewesen wäre. Auf den Nägeln waren Reste von rotem Nagellack.

Die meisten Tische im Speisesaal waren leer. Viele Patienten waren über das Wochenende nach Hause gefahren, andere hatten Besuch von Freunden oder Verwandten und nutzten den Sonntag für einen gemeinsamen Ausflug. Darauf würde Albin noch Wochen warten müssen. Er war schon froh, dass er gestern endlich einmal telefonieren durfte und seinen Eltern erzählen konnte, was hier für Scheiß-Typen waren. Deswegen war er auch ganz froh über die Stille im Haus. Je mehr Stille, desto weniger Leute, desto weniger Ärger.

Am Vegetariertisch war er heute der einzige. Die anderen hatte ihr Essen schon seit mindestens zehn Minuten. Weil er Hunger hatte, ging Albin in die Küche. Dort stand Torben. Er zuckte zusammen, als er Albin bemerkte. Hastig wollte er noch etwas in seiner Schürze verschwinden lassen, aber er verfehlte die Tasche. Was zu Boden fiel, sah für Albin aus wie die Verpackung einer Rohypnol. Sie war so charakteristisch länglich und an den Enden abgerundet, dass er sie unter Tausenden wiedererkannt hätte. Er verwarf den Gedanken aber sofort wieder und interpretierte ihn als Wunschgedanken, als Produkt seines Gehirns. Bestimmt war es etwas ganz anderes. Vielleicht ein Stück Käse in Alufolie.

„Krieg ich auch mal was zu essen?", fragte Albin genervt.

„Kommt gleich", antwortete Torben erstaunlich freundlich.

Wieder einmal sah Albin eine Chance, gemeinsam mit Torben Therapie zu machen. Aber als die glibbrigen Rühreier auf dem Tisch standen, änderte sich seine Meinung schlagartig. Er vermutete, dass Torben in die Eier gewixt hatte. Mit leerem Magen ging Albin früh schlafen. Irgendwann wachte er vom Donner eines Gewitters auf, schlurfte auf die Toilette und zurück in sein Zimmer. Gerade, als er die Zimmertür wieder schließen wollte, hörte er, wie sich die Eingangstür zur Wohngruppe öffnete. Er spähte durch den Türspalt und erkannte Torben, der durch den Flur schlich. Seine Straßenschuhe zeichneten Schlammspuren auf das Linoleum.

Albin saß mit Almud in seinem Zimmer und rollte einen Joint mit schwarzem Afghanen. Er zündete ihn an, rauchte gierig, bis er fast ganz heruntergebrannt war. Dann drehte er den Joint um, steckte ihn mit der Glut voran in den Mund, ging mit dem Filter an Almuds Lippen und blies hinein: Da löste sich ein Schuss. Almuds Gehirn klebte an der Wand und Albin schreckte aus dem Schlaf auf.

Die Bilder begleiteten Albin auch noch in den nächsten Morgen, fraßen die Erinnerung an Torben, wie er über den Gang geschlichen war.

Albin wandelte verschlafen ins Bad. Dort stand Torben mit dreckverschmierten Händen. Erst als Albin „Guten Morgen" murmelte, bemerkte der ihn und rieb sich hastig die Hände unter dem laufenden Wasser.

Den ganzen Tag putzte Albin Treppenhäuser und Toiletten in den Gemeinschaftsräumen, wie es alle Neuankömmlinge in den ersten Wochen machen mussten. Am Tag seiner Ankunft war auch der pummelige, rotgesichtige Alfred im Gut angekommen. Deswegen nannten ihn alle Krabbe. Auf seiner Stirn bildeten sich beim bloßen Rumstehen schon Schweißtropfen. Er litt an Bluthochdruck.

Albin fühlte Ekel in sich hochsteigen, wenn er den kleinen Neunzehnjährigen mit den braunen Locken betrachtete. Dumm gesoffen, aber bei jedem Feuerwehrfest, bei jeder Kirchweih mit dabei. Er war so einer, über den man lachen konnte, auf den man mit dem Finger zeigen und sagen konnte: „Ja, der Alfred, der müsste mal weniger trinken", nur um nicht über sich selbst nachdenken zu müssen.

Am Abend wollte Torben die Blumen im WG-Raum umtopfen. Er hatte sich vom Gärtner Erde besorgt.

„Was ist mit dir heut los? Topfst freiwillig die Blumen um. Geht's dir nicht gut?", fragte Maximilian, der auf der Couch saß und eine Zigarillo rauchte.

Kai saß mit Giso am Tisch und spielte Karten. Heute trug er ein besonders buntes Hemd. Seine kurzen Haare waren gewachsen.

„Von euch faulen Säcken macht's ja keiner", sagte Torben und hob die Yucca-Palme aus ihrem Topf.

„Was ist denn das?", Torben griff in den Blumentopf und hob eine Hasch-Pfeife hoch.

Giso und Kai warfen die Karten auf den Tisch und auch Albin stand von seinem Platz auf.

„Eine Pur-Pipe. Zum Hasch rauchen."

Albin nahm sie Torben aus der Hand.

„Ist da noch was drin?", fragte Kai. Seine Augen glänzten.

Albin sah in den Pfeifenkopf. Da riss ihm Torben die Pfeife aus der Hand.

„Nicht rauchen."

„Denkst du, ich bin blöd?", fauchte Albin.

„Und was machen wir jetzt damit?", fragte Torben.

Er wollte offensichtlich nicht als Zinker dastehen. Wollte, dass die anderen entschieden, was jetzt passieren sollte.

„Na, zu Sibylle bringen halt, was denn sonst", sagte Maximilian. Er schnaufte schwer. Gemeinsam gingen sie ans Ende des Gangs, wo die Therapeutin ihr Büro hatte. Torben klopfte und ging hinein.

„Wir haben eine Hasch-Pfeife im WG-Raum gefunden."

Sie nahm die Pfeife und roch daran. „Bleibt mal alle im WG-Raum, ich komme gleich." Sie sperrte das Büro ab und ging nach unten.

Zurück im Zimmer rauchten die Fünf und ergingen sich in wilden Spekulationen. „Vielleicht ist sie von einem Ehemaligen. Der Sergeij, der war doch so ein Kiffer."

„Ich weiß nicht", sagte Torben und fixierte Albin kurz. Auch die anderen sahen jetzt Albin an. Ihm wurde heiß.

„Ihr denkt doch nicht ..."

„Aber du hast doch auch ganz viel gekifft, oder?", hakte Torben nach.

„Ja schon, aber ich bin doch hier, um damit aufzuhören. Warum sollte ich dann kiffen?"

Da ging die Tür auf und Sibylle kam herein. „Kommt mit runter zum U-Tox."

„Jetzt werdet ihr ja sehen, dass es nicht meine ist", sagte Albin erleichtert.

„Werden wir?", sagte Torben.

„Dann müssen wir uns ja alle ausziehen, und im Bademantel schiffen gehen", sagte Maximilian schockiert, angesichts der nahenden Demütigung.

„Keine Sorge. Selbst wenn du nackt bist, sieht keiner deinen Schwanz, weil er zu klein ist und dein Bauch drüber hängt", sagte Torben.

Kai lachte unsicher und kratzte sich an seinem Ziegenbart. „Wahrscheinlich sieht uns die scharfe Verena beim Pissen zu."

Die attraktive Arzthelferin war Albin von Anfang an aufgefallen. Er fühlte sich nicht gerade wohl bei dem Gedanken, dass sie ihm beim Pinkeln zusehen würde.

„Da krieg ich nix raus, wenn die mir zuschaut", sagte Maximilian „da krieg ich eher eine Latte, wenn die mit ihrem großen Busen neben mir steht."

„Das wird ihr wohl kaum auffallen", frotzelte Torben.

Sie waren im Erdgeschoss angekommen und gingen durch die Glastür in den Gang. Hier befand sich neben dem Büro der Sekretärin und dem Arztzimmer auch die Toilette, in der die Urinproben für die Drogentests genommen wurden.

Verena saß vor der Tür, mit Handschuhen und fünf Bechern auf einem Tablett.

Schon während seiner Ausbildung zum Altenpfleger hatte Albin Urin abgeben müssen, weil ihn eine Schwester aus dem Wohnheim verpfiffen hatte. Ihre Katze war damals in Albins Zimmer gelaufen und sie hinterher. Unglücklicherweise lag genau in dem Moment ein Brocken Hasch auf dem Tisch. Nur durch die Kulanz der Lehrer an der Berufsschule war der Test nicht positiv ausgefallen, da sie ihm den Termin freigestellt hatten. Aber selbst unter diesen Umständen war es für Albin ein Problem gewesen, vier Wochen lang nicht zu kiffen. In dieser Zeit hatte er dann auch fast alles genommen, was er in die Finger bekam, nur um irgendwie prall zu sein. Im Unterschied zum THC konnte man Koks oder Speed oder Valium nur kurzzeitig nachweisen und LSD oder Pilze überhaupt nicht. Eigentlich hätte er schon damals erkennen können, dass es nicht um die Substanz ging. Es war typisches Suchtverhalten, das Immer-mehr-Wollen egal von was, den Kontrollverlust egal durch was.

„Wer will als Erster?", Verena schwenkte einen der Plastikbecher und grinste kokett.

„Wie wär's mit unserem Neuen? Der hat doch sonst auch immer so 'ne große Schnauze“, sagte Torben und sah zu Albin.

Albin fühlte sich nicht wohl bei dem Gedanken, sich als erster ausziehen zu müssen. Er hatte sich schon immer zu dünn gefühlt und das hatte während der letzten Jahre noch zugenommen. Wenn er als letzter drankommen würde, wären die anderen vielleicht schon wieder oben in der WG.

„Apropos große Schnauze. Ich würde vorschlagen, Torben fängt an“, sagte Verena, „bitte nach Ihnen.“

Verena folgte Torben ins Arztzimmer und schloss die Tür. Nur mit Schlappen und einem weißen Bademantel, der ihm an Schultern und Brust spannte, kam er wieder heraus.

„Rosa würde dir auch gut stehen“, sagte Maximilian.

„Warte nur, du wirst keine so gute Figur abgeben.“

Torben war sich seines guten Aussehens bewusst und ließ sich nicht aus der Fassung bringen. Albin bewunderte ihn insgeheim für seinen muskulösen Körper. Nachdem Torben sich die Hände gewaschen hatte, durfte er alleine ins Klo.

„Gehst du gar nicht mit, Verena?“, fragte Torben mit gespielter Enttäuschung.

Maximilian ging als Zweiter, da er es hinter sich haben wollte. Um den Mantel überhaupt schließen zu können, musste er Mantel und Gürtel fest um den Bauch ziehen. Torben setzte ihm die spitze Kapuze des Bademantels auf.

„Na, was hast du uns denn in deinem dicken Sack mitgebracht“, sagte Torben und gab Maximilian einen Klaps auf den Bauch.

Bei Maximilian dauerte es länger, bis er wieder herauskam.

„Na, Ladehemmungen gehabt?“, fragte Torben „war der Sack wohl schon zu dick?“

„Zu wenig getrunken“, murmelte Maximilian und sah beschämt zu Boden.

„Jetzt du“, forderte Verena Albin auf.

Er zögerte kurz bevor er ihr in das Arztzimmer folgte.

„Und, hast du eine Ahnung, von wem die Pfeife sein könnte?“, fragte Verena, während sich Albin umzog.

Der schüttelte nur den Kopf. Er zog den Bademantel fest zu, als er auf den Gang trat, versuchte so entspannt wie möglich zu schauen.

„Na, du Hungerhaken. Kommst wohl aus Afrika“, sagte Maximilian aufgedreht.

„Lieber aus Afrika, als einen dicken Sack mit sich herumschleppen.“

Auch Albin wusch sich die Hände. Bevor er in die Kabine trat zeigte er sie Verena, die sich vergewisserte, dass sich keine Seife unter seinen Fingernägeln befand, mit der er das Ergebnis des Tests hätte manipulieren können.

Als auch Kai und Giso in der Toilette gewesen waren, gingen die fünf hoch in den WG-Raum um zu rauchen

„Geile Pinkelparty“, sagte Torben.

„Ja, endlich ist da mal was los“, stimmte ihm Maximilian zu.

Sibylle kam herein. „THC haben wir nicht gefunden“, begann sie zu erzählen.

„Aber?“, platzte es aus Torben heraus.

„Amphetamine."

„Was? Amphetamine? Sind Amphetamine Opiate?"

„Nein", klärte Albin Torben genervt auf, „Speed ist beispielsweise ein Amphetamin."

„Und wer war's?", hakte Torben ungeduldig nach.

„Möchte sich derjenige selber melden?", wollte Sibylle wissen.

„Ich war's", sagte Kai.

„Waaas?", schrie Torben und schlug sich mit der flachen Hand auf die Stirn.

Nebel lag über dem Land, fraß Bäume, Wiesen und Felder, wie der Augenblick die Vergangenheit. Auch das Licht in den Zimmern konnte die Dunkelheit nicht verscheuchen. Es war November, der 1. November. Für Albin war es nicht irgendein Tag, nicht irgendein Dienstag, nicht irgendein 1. November. Es war der Tag, an dem er vor fünf Jahren zum letzten Mal mit Almud telefoniert, sie ihn zum letzten Mal besucht hatte. Kurz vor Mitternacht war sie unangeschnallt gegen einen Baum gekracht, ihr junger Körper, den er so oft liebkost hatte, war vollständig verbrannt. Nur das Gebiss hatte den Flammen standgehalten.

Albin erzählte Bonnie und Clyde von seinen Erinnerungen an Almud, während er ihnen die Hufe auskratzte. Heute verübelte er Bonnie, dem älteren und oft störrischen Pony nicht einmal, dass es ausschlug. Er ließ es gewähren und fasste wieder nach dem Huf, wenn es sich beruhigt hatte. Schwalben stoben aus der Weide.

„Ein Mörder. Der Pfleger ist ein Mörder", wisperten die Stimmen, bevor sie mit den Vögeln verschwanden.

Der Tag schleppte sich dahin, wie die Zeit vor der Therapie. Die Vergangenheit schlug immer wieder zu, Splitter durchfuhren den Augenblick, rissen eitrige Wunden auf. Albin hätte die Schuldgefühle am liebsten mit einer Tablette runter geschluckt, doch er hatte einen anderen Weg gewählt, wollte nicht noch mehr Schuld auf sich laden, indem er anderen ein schlechtes Vorbild war.

Mit Sibylle hatte er Tags zuvor im Einzelgespräch vereinbart, dass er sich bei ihr melden würde, falls es ihm heute nicht gut ginge. Albin hatte das übertrieben gefunden, morgen war noch weit entfernt gewesen.

In der WG war in den letzten Tagen ein bisschen Ruhe eingekehrt, auch wenn es sich für Albin mehr nach Leben und leben lassen anfühlte. Torben und die anderen hatten ihn nicht mehr durch Musik oder Sprüche provoziert. Trotzdem spürte er täglich ihre Abneigung, fragte sich, ob er das fehlende Mitgefühl, die Härte sich selbst gegenüber, auch gegenüber den anderen zeigte. In Gesprächen mit Sibylle hatte er erkannt, dass er sehr streng zu sich und zu anderen war. Mehr Mitgefühl, vor allem sich selbst gegenüber, könnte der Schlüssel sein. Dann würde er sich nicht mehr über einen noch so kleinen Fehler grämen und darin einen Grund finden, sich zuzudröhnen.

Er ging wie immer früh zu Bett und las noch ein wenig. Aber schon nach wenigen Seiten störten harte Gitarrenriffs die Ruhe. Da es noch nicht zehn war, drehte er sich zur Seite, weg von der Tür. Doch die Musik wurde immer lauter und bald konnte Albin auch den Text verstehen.

„Wenn wir uns finden beim Marsch durch das Land, dann brennt in jeder Stadt ein Asylantenheim ab."

Das war kein einfacher Hardcore, wie er zuerst angenommen hatte. Das war NS-Hardcore. Und zwar von der übelsten Sorte. Albin setzte sich auf. Sein ganzer Körper stand unter Spannung. Wut presste die Adern aus den Unterarmen. Er schleuderte sein Buch aufs Bett, zog sich Hose und Hausschuhe an und rannte in den WG-Raum. Die Tür stand weit offen, als hätte Torben es darauf angelegt, ihn zu provozieren. Die Musik traf mit voller Lautstärke auf seine Ohren. Aber nicht Torben saß da auf der Couch und grinste ihn schadenfroh an. Es war Kai.

„Mach die scheiß Fascho-Mucke aus!“

„Warum?“, fragte Kai, ohne sich auch nur einen Millimeter zu bewegen.

„Weil wir mit Sibylle vereinbart haben, diesen Dreck hier nicht mehr zu spielen!“

„Kann mich nicht mehr dran erinnern.“ Kai stand auf und krempelte seelenruhig die Ärmel seines Hemdes nach oben.

„Mach aus, oder ich ...“ Albin kam Kai bedrohlich nahe. Obwohl er die letzten Monate viel trainiert hatte, war Kai viel breiter als er. Außerdem hatte Kai schon einige Monate im Jugendknast verbracht. Und soweit Albin wusste, ging es dort viel brutaler zu als in normalen Gefängnissen.

„Was, oder?“, sagte Kai, und kam noch näher, „Willst du mir drohen?“

„Oder ich gehe zu Sibylle“, sagte Albin und bereute es noch im selben Moment.

„Also doch ein Zinker.“

Der Refrain des Liedes wiederholte sich. *„Wenn wir uns finden beim Marsch durch das Land, dann brennt in jeder Stadt ein Asylantenheim ab.”*

Albin machte kehrt und raste ins Erdgeschoss. Hier hielten sich die Therapeuten auf, wenn es früher Abend war. Jetzt war es hinter der Glastür dunkel. Albin würde in das Haus gegenüber gehen müssen, um mit Sibylle zu sprechen. Dort schliefen die Therapeuten, wenn sie Bereitschaft hatten. Er ging auf den Vorplatz, holte den Tabak aus der Tasche und drehte sich eine Kippe.

In jeder Stadt ein Flüchtlingsheim abbrennen! Wie Zweiundneuzig, als in Rostock beinahe Flüchtlinge und Reporter schwer verletzt wurden, weil die Bullen vor den Faschos davon liefen, aber solche wie Corinna, ihn und die anderen Antifas knüppelten, bei dem Versuch, die Menschen zu schützen. Oder drei Monate später in Mölln, wo drei Menschen bei einen Brandanschlag ums Leben kamen. Und sechs Monate später in Solingen, wo fünf Menschen sterben mussten. Aufgehetzt von der Politik, die mit ihrem „Das Boot ist voll"-Gerede die Stimmung hochschaukelte und dann mit einem Verweis auf die Ausschreitungen scheinheilig das Asylrecht abschaffte. Das hat Albin wütend gemacht, ihn geprägt. Der aussichtslose Kampf gegen diese Doppelmoral ließ ihn verzweifeln und als die Betäubung nicht mehr half, lebensmüde werden.

Wieder musste er an Almud denken. Ihr Bild hatte sich vor langer Zeit in seinem Kopf fest gesetzt, hämmerte seitdem seine Schuld in Bauch und Gehirn. Wie sollte er mit solchen Gefühlen ein neues Leben beginnen, ein nüchternes Leben, ein Leben ohne Drogen? Es war so schon schwierig genug, ein abstinentes Leben zu führen, in einer von Sucht durchseuchten Gesellschaft, in der der Alkohol zum Leben gehörte, wie die Butter aufs Brot. Er wollte nicht mehr anders sein, wollte wieder zu ihnen gehören. Und dazu gehörte nun einmal, zu trinken.

Die Lichter der Ortschaft, die durch den Nebel zu Albin drangen, heuchelten Ruhe und Normalität. Hier war es noch schlimmer, er konnte nicht bleiben. Bis jetzt hatte er angenommen, Kai wäre harmlos. Aber die Weissen Wölfe waren nicht die Böhsen Onkelz. Außerdem hatte Kai im Grunde keinen Millimeter Knautschzone mehr, seitdem die Sache mit dem Speed aufgeflogen war. Ihm drohte der Knast, wenn er hier noch einmal etwas verbockte. Albin rannte noch einmal zum Bereitschaftszimmer, stolperte die Treppe hinauf und hämmerte gegen die Tür. Aber nichts geschah.

Der Nebel hatte sich in der Zwischenzeit verdichtet. Weder Mond noch Sterne waren zu sehen. Erst jetzt bemerkte Albin, dass er fror, er hatte nur ein T-Shirt und seine Hose an. Als er zurückkam, war die Musik aus und Giso glücklicherweise noch nicht im Zimmer. Albin zog die Tasche unter dem Bett hervor und stopfte seine Klamotten hinein. Jetzt wollte er einfach nur noch weg. Als er sich umdrehte, stand Giso am Waschbecken und drehte den Wasserhahn auf. Er hielt den Kamm unter das laufende Wasser und kämmte seine Haare nach hinten.

„Ist heute nicht der Tag von Almuds Ableben?"

Albin war so erstaunt über die Frage, dass er sich auf das Bett setzte und die halbgefüllte Tasche vor seinen Füßen stehen ließ. Er sah Almud noch ganz genau vor sich: Lächelnd, mit roten Wangen.

„Es mag wohl eines der kompliziertesten Unterfangen des menschlichen Daseins sein, gänzlich präsent zu sein."

Giso legte den Kamm in Zeitlupe auf die Armatur, löschte die Lampe und setzte sich Albin gegenüber auf das Bett.

Mit Almud war es zumindest im Ansatz möglich gewesen, dachte Albin. „Einmal, im Sommer, es war verdammt heiß ... “, Albin stockte, weil Giso ihn so tadelnd angesehen hatte, als er „verdammt“ gesagt hatte. „Wie so oft haben wir uns zufällig getroffen. Auch wenn ich mittlerweile denke, es sollte so sein. Almud rief ‚fang mich, wenn du kannst!‘ und rannte durch das meterhohe Gras. Erst jagte ich sie, dann jagte sie mich. Und als sie mich gefangen hatte, fielen wir auf das warme Gras. Wir fielen uns aber nicht in die Arme, sondern nebeneinander in die Wiese. Dort blieben wir liegen und schauten in den Himmel, gegen die Sonne. Wir kniffen die Augen zusammen, als wollten wir nicht sehen.“

Aber eigentlich konnten wir nicht sehen, dachte Albin, wollte ich nicht sehen.

„‚Wenn jetzt Herbst wäre!‘ hatte sie gesagt. Ich habe sie gefragt: ‚Warum? Ich hasse Herbst.‘ und habe es im selben Moment bereut.“

Der Vorhang neben dem Bett bewegte sich vom Wind. Albin stand auf und schloss das Fenster.

„Wie lautete ihre Antwort?“

„Dann könnten wir den Berg hinabkullern und die ganze Kraft in uns aufnehmen.“

„Welche Kraft?“

Giso schien die Geschichte zu interessieren.

„Sie hat mir eine Gegenfrage gestellt: ‚Warum knistert das Laub‘?“

Giso schüttelte den Kopf.

„Sie hat gesagt: ‚Es hat unzählige Sonnenstrahlen in sich aufgenommen, bevor es welk wurde‘.“

Albin sah Giso an.

„Damals habe ich mir den Herbst herbeigewünscht. Aber jetzt hasse ich den Herbst, hasse das heutige Datum, weil es mich daran erinnert, was ich getan habe."

„Aus deinen Erzählungen ist für mich keinerlei Schuld ersichtlich. Setze ich diese von Sexualität kontaminierte Welt dazu in Verhältnis, erscheinst du mir geradezu vorbildlich."

Albin überlegte, warum Giso ausgerechnet jetzt an Sex dachte.

„Das war aber nur ein Teil der Geschichte."

„Wie ich es vermutet habe. Jede Geschichte hat mehrere Teile. Aber daraus geht hervor, dass dein Ansinnen keineswegs verwerflich war. Im Gegensatz zum Gros der Menschheit, denen ausschließlich Lust durch die Adern strömt."

Albin drang der Geruch von Enten und Pferden in die Nase, als er die Tür zum Stall öffnete. Enten watschelten ihm quakend entgegen, Clyde schnaubte, Bonnie stand einfach nur da. Jeden Morgen nach dem Frühstück, wenn keine Gruppe oder ein anderer Termin anstand, ging Albin zum Stall am Teich und führte die Ponys nach draußen. Gerade hatte es noch genieselt aber jetzt schoben sich erste Sonnenstrahlen durch die Wolken.

„Morgen Bonnie. Na, gut geschlafen?", fragte Albin und streichelte dem Tier über die leicht verfilzte Mähne.

Das schwarze Pony war das ältere der beiden. Albin band es an der Hütte fest und holte Clyde. Mit einer Bürste fuhr er Bonnie durch die lange Mähne.

„Schön, dass ich mit euch über alles reden kann, ohne das ich es später bereuen muss."

Bonnie hob den Kopf, als würde sie Albin Recht geben.

„Warum hört Kai Fascho-Hardcore? Da muss Torben seine Finger im Spiel gehabt haben."

Eine Ente landete platschend mit wild flatternden Flügeln auf dem Teich.

„Aber Torben war in letzter Zeit eigentlich ganz okay. Er hat mich sogar um Rat gebeten."

Albin ging den Hufauskratzer aus dem Stall holen.

„So, Bonnie, jetzt hebe ich deinen Fuß an, damit ich die Hufe auskratzen kann."

Er kratzte die Mischung aus Erde, Stroh, Mist und Steinen aus den Hufen und bemerkte, dass er mit dem Pony wie mit einem Bewohner gesprochen hatte. Clydes hellbraune Mähne war nicht weniger verfilzt, als es die von Bonnie gewesen war.

„Ich hoffe, du hast gut geschlafen."

Clyde galt als störrisch. Nicht nur einmal war sie in der Vergangenheit einem Tierbeauftragten ausgebüxt, wenn er sie auf die Weide hinter dem Gästehaus bringen wollte. Auch ihr kämmte er die Mähne und kratzte die Hufe aus.

Er überlegte, ob es besser gewesen wäre, Torben nicht von seinem unprofessionellen Verhalten bei Frau Wellerknecht zu erzählen. Vermutlich hat Torben mich mit den Pflegern gleichgesetzt, die seinen Opa betreuen und die Wut auf mich projiziert. Er hat die CD eingelegt und Kai gegen mich aufgehetzt.

Die Wolken zogen nach Westen und gaben die Sonne frei. Albin streifte seinen Pulli ab. Er band die beiden Pferde los und führte sie über den von Pfützen übersäten Weg auf die Weide. Auf halber Strecke sah er Nina. Sie bemerkte ihn zuerst nicht, weswegen er den Arm nach oben riss und freudig „Nina!“ rief. Das um seine Hand gelegte Seil löste sich, Clyde bäumte sich auf, wieherte und galoppierte davon. Wütend glotzte er dem flüchtenden Pony hinterher, das Richtung Straße rannte. Da kam Nina, um Bonnie zu halten. Er sprintete los. Clyde stand am Wegende kurz vor der Straße und graste friedlich. Albin schlich sich an und fasste nach dem Seil. Da hob das Pony den Kopf, wieherte und preschte in Richtung Nina. Aber Albin ließ nicht locker und brachte es mit Mühe zum Stehen.

Nachdem sie die beiden auf die Weide gebracht hatten, fasste Nina nach seiner Hand. Das Seil hatte seine Haut verbrannt.

„Komm, ich tu dir was drauf.“

Nina holte den Verbandskasten und sie setzten sich auf die Strohballen im Stall. Sie senkte den Kopf, um die Wunde besser sehen zu können. Albin stieg der Duft von Aprikose in die Nase. Die Wunde brannte, aber viel eindringlicher war Ninas Atem, der über seine Haut strich. Er musste an die erste Nacht mit Corinna denken, daran, wie sie ihn verarztet hatte. Bei dem Gedanken an Corinnas Busen wurde er noch hibbeliger. Da raschelte es plötzlich über ihnen. Nina schreckte zurück, fiel vom Ballen und riss Albin mit sich. Sie landeten auf einem Strohballen zu ihren Füßen, Albin fand sich auf Nina wieder, sie war plötzlich überall. Durch die ungewohnte Nähe erlosch der Schreck. Noch nie war er ihr so nah gewesen, hatte ihr Muttermal neben der Lippe so deutlich gesehen. Sachte zog er die Hand unter ihrer Schulter hervor, zuckte aber gleich wieder zurück. Hinter dem Stall hatte es geknackt, erhoben sich Stimmen. Albin wusste sofort, wessen Stimmen das waren. Er legte den Zeigefinger auf den Mund. Nina, die ihn immer noch ansah, nickte. Zuerst kicherte sie leise, doch schon im nächsten Moment erkannte er Panik in ihrem Gesicht.

„Nur einmal noch, bitte", sagte Maximilian hinter der Holzwand.

„Du übertreibst."

Das war Torbens Stimme.

„Nur anfassen, bitte."

Es rumpelte, ein dumpfer Schlag folgte, als wäre jemand gegen die Holzwand gedonnert.

„Finger weg!", zischte Torben.

Machte sich Maximilian gerade an Torben ran? Albin schmunzelte. Aber Ninas banger Gesichtsausdruck ließ ihn sofort wieder ernst werden. Wenn die beiden sie hier erwischten, wäre sie ihren Job definitiv los. Eine Affäre mit einem Patienten; das war mehr als unprofessionell. Selbst wenn von einer Affäre keine Rede sein konnte. Wen würde das kümmern? Torben würde es schon richtig hinzudrehen wissen.

„Jetzt gib mir halt das Handy. Ich mach auch was du willst."

„Okay, fünf Minuten noch. Aber dann ist Schluss. Nicht, dass uns jemand sieht, dann ist das Handy weg."

Plötzlich stach Albin etwas in den Hals. Instinktiv schlug er mit der verletzten Hand danach; es klatschte und Albin unterdrückte ein Stöhnen. Sofort standen Maximilian und Torben in der Tür.

„Aha, ein Schäferstündchen", feixte Torben.

Maximilian stand hinter ihm und stierte Albin und Nina an, die aufstanden und sich abklopften.

„Von wegen Schäferstündchen. Wir haben den Stall saubergemacht“, sagte Nina.

„Und Nina hat mir meine Hand verbunden.“

Demonstrativ hielt Albin seine Hand hoch; der Verband hing lose herunter.

„Und dafür müsst ihr euch ins Stroh legen?“

„Im Gegensatz zu dir verleihen wir keine Handys an spielsüchtige Patienten, um sie erpressen zu können. Du weißt ganz genau, dass Handys verboten sind“, reagierte Albin geistesgegenwärtig.

Maximilian tippelte von einem Fuß auf den anderen.

„Oder hattet ihr vielleicht ein Schäferstündchen?“

Maximilian und Torben wurden knallrot.

„So ein Blödsinn. Wenn du diesen Scheiß irgendwem erzählst, dann gibt's Ärger“, sagte Torben und machte kehrt.

Maximilian trottete wie ein Dackel hintendrein.

Am Samstag hatte Albin Erprobungstag und durfte das erste Mal in die Stadt fahren. Albin wollte seinen ersten Tag draußen nicht mit Krabbe verbringen, aber Sibylle schmetterte alle Versuche ab, nicht mit ihm nach Nürnberg fahren zu müssen. Albin hatte das Gefühl, als Krabbes Aufpasser mitzufahren.

Für Albin war der Tag eine Melange aus Freude und Aufregung. Da das Gut Kashrut auf dem Land lag, mussten sie schon um sechs aufstehen, damit sie um neun in Nürnberg waren. Albin duschte und malte sich in Gedanken wilde Abenteuer mit fremden Frauen aus, die er in der Stadt kennen lernen und mit denen er einen aufregenden Nachmittag verbringen würde. Aber die Frauen aus Vergangenheit und Gegenwart übertünchten das Bild.

Seit über zehn Wochen war er hier. In den letzten drei war er ein paar Mal in dem nahe gelegenen Kaff gewesen, in dem es nur eine Kneipe und einen Friseur gab. Zweimal war er in die Kleinstadt Ansbach gefahren, einmal mit seinen Eltern. Er hatte es genossen, sie gaben ihm Sicherheit, halfen ihm einmal mehr, seine Ängste zu überwinden. Mit ihnen vermied er es nicht einmal, in ein Café zu gehen. Seine Hand zitterte weniger, wenn er die Kaffeetasse hob und die Leute in seinem Kopf lästerten seltener über ihn.

Es dämmerte, als Krabbe und Albin aus dem Gut traten. Nach der kurzen Busfahrt kauften sie sich am Bahnhof einen Kaffee. Krabbes Birne nahm schon nach den ersten Schlucken eine bedrohlich rote Färbung an.

„Denkst du, der Kaffee ist gut für deinen hohen Blutdruck?“, fragte Albin.

„Jo, jo“, antwortete Krabbe unbekümmert.

Im geheizten Warteraum des Bahnhofs setzten sich zwei junge Frauen auf die Bank gegenüber und unterhielten sich angeregt. Eine der beiden hatte ein Augenbrauenpiercing, dunkelblonde schulterlange Haare, die mit einer Haarspange zurückgesteckt waren und sah immer wieder herüber. Albin sah aus dem Fenster, als sie ihn ansah. Sie wussten sicher, dass er aus dem Gut kam, sein Leben nicht auf die Reihe bekam, süchtig war und es immer bleiben würde. Albin setzte zum Trinken an. Genau in dem Moment sah die Frau erneut rüber; Kopf und Hände zitterten, die heiße Brühe schwappte über den Rand des Pappbechers, über die Hose. Die Frauen gingen und Krabbe meinte besserwisserisch: „Hast du eigentlich schon einmal deinen Blutdruck untersuchen lassen?"

Albin ging auf die stinkende Bahnhofstoilette und wischte sich den Kaffee von der Hose. Zum Glück hatte er nur den Hosensaum vollgekleckert. Ärgerlich war es trotzdem. Er wollte nicht auffallen. War in der Vergangenheit schon genug aufgefallen. Damals wollte er auffallen. Wie sich die Dinge doch manchmal ins Gegenteil verkehren. Erst willst du gänzlich anders sein als die anderen, weil du ihre Lügen und ihre Doppelmoral verachtest. Du versuchst es zu ändern. Dann versuchst du die Enttäuschung darüber, dass du nichts ändern kannst, zu unterdrücken, zu betäuben. Irgendwann, jeden Tag. Und schon bist du genau wie sie. Du lügst deine Freunde, deine Eltern an, tust alles, um die Fassade aufrecht zu erhalten. Wenn dir die Kraft ausgeht und dir die Betäubung, anstatt dich ruhig zu stellen deine ganze Energie und Klarheit raubt, dann hast du keine Kraft mehr, anders zu sein; willst wieder sein wie alle anderen und sie haben dich da, wo sie dich haben wollen – du spielst wieder mit in ihrem Spiel.

Albin sah sich im Spiegel an, sah ein jämmerliches Stück Scheiße, eine verdreckte Fahne ihm Wind. Er hielt ein Papierhandtuch unter den Wasserhahn, wischte sich den Schweiß in den Achseln ab und sprühte Deo darauf. Krabbe kam herein.

„Komm endlich, der Zug ist gleich da!"

Für Albin war es katastrophal, mit Krabbe in der Fußgängerzone unterwegs zu sein. Er vermied es, in Schaufenster zu blicken, konnte es nicht ertragen, wenn sich Krabbe in den Scheiben spiegelte. Krabbes roter Schädel leuchtete durch die ganze Fußgängerzone.

Plötzlich war der rote Kopf verschwunden. Albin rannte in die Richtung, aus der sie gekommen waren, gegen den Menschenstrom. Aber Krabbe war weit und breit nicht zu sehen. Albin schwitzte. Der üble Geruch von Rostbratwürsten kroch ihm in die Nase. Er hasste diesen Gestank. Und da sah er Krabbe, der seelenruhig in eine Bratwurstsemmel biss.

Albin atmete auf. Dann holte er sich ein Falafel. Später setzten sie sich in ein Café.

„Und, gehen wir jetzt noch an die Mauer?", fragte Krabbe.

Obwohl Albin angenommen hatte, Krabbes Kopf könnte nicht noch röter werden, wurde er es. Es war stickig und warm in der Bäckerei, aber das allein erklärte noch nicht die Schweißtropfen, die von Krabbes Schläfen rollten. Krabbe griff nach der Kaffekanne, die bedrohlich zu zittern begann.

„Klar, warum nicht", antwortete Albin.

Und schon ärgerte er sich über die Selbstverständlichkeit, die in seinem Ton gelegen hatte. Schon der Gedanke daran, ein Freier zu sein, erfüllte ihn mit Scham. Glücklicherweise war er in der Stadt ein Fremder unter Fremden.

Auf dem Kopfsteinpflaster entlang der Stadtmauer stolperte Albin. Die wuchtigen, rötlichen Steine der Mauer schirmten sie von der vielbefahrenen Hauptstraße ab. In den Fenstern der Häuser gegenüber standen halbnackte Frauen. Mit Worten versuchten sie, die beiden zu locken.

„He, ihr beiden Süßen", rief eine schon in die Jahre gekommene Blondine in roten Strapsen.

In den letzten Wochen hatte Albin öfter damit geliebäugelt, zu einer Nutte zu gehen. Seine Geilheit, die mit jedem Tag wuchs, lieferte sich dann Gefechte mit seinem Gewissen. Meist siegte die Moral mit dem Argument, dass es verwerflich, vielleicht sogar verabscheuungswürdig war, einen Menschen zu kaufen, dessen Körper zu kaufen. Aber auch der Gedanke an die Zukunft, an eine bessere Zeit, wenn er wieder eine Freundin haben würde, hielt ihn davon ab, tatsächlich zu einer Nutte zu gehen. Wie es wohl wäre, wenn er später einmal die Frage auf die Brust gesetzt bekommen würde, ob er schon einmal bei einer Prostituierten gewesen sei. Und das Dilemma würde sich fortsetzen. Würde er lügen, wäre der Grundstock für Misstrauen gelegt. Würde er die Wahrheit sagen, wäre damit bestimmt die Beziehung beendet. In der Regel hatte er das Problem mit dem Gang aufs Klo gelöst.

Aber jetzt sah er die dünnen, dicken, Blondinen, Brünetten, schwarzhaarigen Frauen in BH, Slips und Strapsen, die ihn verführerisch anlächelten. Der schwache Vorsatz kam erneut ins Wanken, fiel fast um durch den Druck in seinen Leisten. Krabbe stoppte bei einer echten Blondine, die hinter einer Glastür auf einem Barhocker saß.

Durch ein Fenster sprach sie Albin an: „Na, wie sieht‘s aus Süßer?“.

Aber Krabbe war schneller.

„Wie viel?“, fragte er.

Albin konnte kaum glauben, was er sah. Krabbe zögerte keine Sekunde und ging hinein. Albin blieb alleine. Es begann zu nieseln. Er ging weiter und kam zu einer rothaarigen, molligen Frau und einer

Brünetten mit Brille. Hinter einem halb zugezogenem Vorhang lugte ein Bett hervor.

„Hallo Süßer, haste Lust?", sagte die Rothaarige, „willste mit uns beiden ein bisschen Spaß haben? Nur fünfzig Euro für dich."

Albins Knie wurden weich.

„Muss ich mir überlegen."

Er machte kehrt und stolperte zurück. Ein alter Mann kam ihm entgegen. Albin kramte in seiner Hosentasche, blickte beschämt zu Boden.

Schon zuvor waren sie bei einer schlanken Frau mit schwarzen Haaren und roten Strapsen stehen geblieben, weil Krabbe sie begutachtet, sich dann aber doch gegen sie entschieden hatte.

„Hallo, komm doch mal her."

Albin blieb stehen, Tabak und Papers in der Hand, zögerte.

„Wo hast du denn deinen Freund gelassen?"

„Der ... ist ... woanders."

Albin tanzte von einem Bein auf das andere und kaute wie wild auf seinem Kaugummi herum.

„Warum bist du denn so nervös?"

Das war zu viel für ihn. Er hastete davon.

Trotz der Schmach wurde Albin immer geiler. Er fand eine Peep Show, nur wenige Meter von der Mauer entfernt. Im ersten Stock befand sich der Erotik-Shop. Albin ging an Videos, Magazinen, Dildos und einer ganzen Batterie von Titten, Mösen und Schwänzen vorbei. Er kam an ein Drehkreuz, daneben ein Mann in einer Kabine. Jenseits des Drehkreuzes nur fahles, von Zigarettenrauch verschleiertes Rotlicht und laute Musik. Er wollte gerade wieder umdrehen, da sprach ihn der Dicke mit der Glatze an: „Geld wechseln?"

Jetzt konnte er nicht mehr zurück. Zwei Männer, die auf der anderen Seite auf Barhockern saßen, musterten ihn bereits. Ein Umkehren wäre einer Niederlage gleichgekommen. Albin knallte zehn Euro auf den Tisch, damit der Mann nicht sah, wie seine Hand zitterte. Sein „Danke" verschluckte eine Frauenstimme, welche die nächste Tänzerin ankündigte.

„Und als nächstes sehen Sie unsere afrikanische Perle aus Jamaica, mit einer Haut wie Schokolade."

Albin popelte die Münzen in den Schlitz und drückte sich durch das Drehkreuz. Es war genauso ein Kreuz wie auf den Raststättenklos. Weil er nicht auffallen wollte, entschied er sich, etwas zu trinken zu bestellen.

„Eine Cola bitte", rief er der Barkeeperin entgegen. Abgesehen von der Tänzerin war sie die einzige Frau im Raum. Sie jedenfalls schien nicht erstaunt zu sein über Albins Alter, schien nicht zu denken, dass er keine abkriegen würde, obwohl er noch so jung war. Die letzten Wochen im Gut zeigten ihre Wirkung. Er hatte zugenommen; an Gewicht und Muskeln, fühlte sich besser, wenn auch nicht gut. Zweimal in der Woche ging er in den Fitnessraum.

Die Cola schwappte hin und her, als Albin zu dem Sessel ging, der am weitesten von der Tanzfläche entfernt stand. Er kaute Kaugummi und zündete sich eine Zigarette an. Vom nervösen Kauen schmerzte ihm der Kiefer. Die Tänzerin war jetzt im vorderen Drittel des Laufstegs angekommen und wickelte sich um eine Stange, wie Albin es nur aus Filmen kannte. Wenn Sibylle oder Corinna wüssten, dass er hier war, oder sogar Nina, was würden die wohl dazu sagen?

Die Tänzerin hatte jetzt nur noch weiße Strapse an, die im Schwarzlicht leuchteten und ihre dunkle Haut betonten. Auch ihre Zähne leuchteten. Sie waren zu sehen, wenn sie mit der Zunge über ihre Lippen strich. Sie lag auf der Seite und massierte ihre kleinen Brüste. Albin hatte das Gefühl, von den Männern auf der anderen Seite des Laufstegs gemustert zu werden. Trotzdem strömte die Lust in seine Lenden. Chantal streichelte sich mit der Hand über den Oberschenkel und näherte sich ihrer rasierten Scham, streichelte sich, bis sich die Schamlippen öffneten und feucht glänzten. Albin war entsetzt, erregt und erstaunt zugleich, dass die Vorführung so weit ging. Er hatte sogar Krabbe vergessen, mit dem er nicht einmal einen Treffpunkt vereinbart hatte. Chantal verabschiedete sich und eine neue Tänzerin wurde angekündigt.

Albin stand auf und ging den dunklen Gang hinunter, in dem er Kabinen vermutete und Chantal zu sehen hoffte. Er wollte sie beobachten, sich einen runterholen, aber unbeobachtet bleiben. In Amsterdam hatte er das schon einmal mit den anderen Jungs gemacht. Damals war es ihm peinlich gewesen, obwohl ihn die Tänzerin nicht sehen konnte. Albin öffnete eine der Türen. Der sehr schmale Raum war lang und größtenteils schwarz lackiert. Eine Scheibe trennte einen angrenzenden kleinen Raum bis zur Hälfte ab. Daneben war eine Tastatur mit Zahlen und einem Geldschlitz. Aber ein Hinweis, wie viel Geld einzuwerfen war oder sonst eine Gebrauchsanweisung fehlten. Er warf fünf Euro ein: ein rotes Licht ging an, ein grünes begann zu blinken. Wild drückte er auf den Zahlen herum: nichts geschah. Ungeduldig malträtierte er die Tastatur. Als sich noch immer nichts regte, löste er den Gürtel seiner Hose, öffnete Knopf und Reißverschluss, zog sich die Unterhose herunter. Er griff an seinen halb steifen Schwanz, da ging plötzlich eine Tür hinter der Scheibe auf und Chantal stand vor ihm. Albin zuckte zusammen, ließ seinen Schwanz los. Nun stand er da, mit heruntergelassener Hose, eine hübsche, fast nackte Frau vor ihm.

„Should I dance?“, fragte sie.

„What ?“

„Should I dance? Then you can masturbate.“

Sie starrte auf seinen entblößten Schritt, worauf er sich hastig Shorts und Hose nach oben zog.

„No, no!“, sagte Albin.

Sie sprach ein Englisch wie die Sänger in den Ragga-Songs. Vielleicht war sie wirklich aus Jamaika.

„If you′ll pay fifty euro, we can do other things“, sagte sie und grinste.

„No, no“, verneinte Albin erneut und schüttelte den Kopf. „Where are you from?“, fragte er.

„I′m from Jamaica.“

„And what′s your name?“, fragte Albin, als wenn er es nicht längst wüsste.

„I′m Chantal.“

„You′r a nice gjal.“

Er betonte das gjal, damit es wie das Patwa der Jamaikaner klang.

„Thank you.“

Das rote Licht blinkte wieder.

„If you don′t want to do more, I have to leave now.“

„No, thank you“, sagte Albin verschämt.

Chantal ging. Albin schloss seinen Gürtel und verließ die Kabine.

Frisch geduscht wartete Albin neben dem Sportplatz des Guts auf Corinna und Manuel. Es war jetzt zwanzig nach drei, um drei hatten sie eigentlich da sein wollen. Albin fröstelte, weil er nur einen dünnen Pulli trug. Corinna verspätete sich gerne. Das war er von ihr gewöhnt.

Vor vier Jahren hatten sie sich das letzte Mal gesehen, vor zehn Jahren hatten sie sich das letzte Mal geliebt. Obwohl er den Gedanken an Sex auszublenden versuchte, drängte sich ein Bild immer wieder auf; wie er Corinna auf einer Party in einer dunklen Ecke im Stehen gebumst hatte, beide besoffen und geil ohne Ende. Trotzdem hatte er heute Morgen das Kinderbett bezogen und so weit wie möglich vom Doppelbett weggeschoben. Die Erinnerung daran, dass Corinna laut und ungehemmt stöhnte, egal wann und wo, machte ihn noch geiler. Auf der Party waren sie irgendwann von einem Pulk umringt gewesen, trotz der dröhnenden Musik.

Er wollte sich gerade eine Jacke holen, da bog der rote Fiesta um die Ecke. Corinna hatte eine neue Frisur – einen schwarzgefärbten Popper-Iro, frisch geschnitten, mit lila Strähnen. Wollte sie für ihn hübsch aussehen? Der vierjährige Manuel saß im Kindersitz.

Corinna stieg aus, und Albin fühlte seine weichen Knie.

„Hallo." Fast hätte er noch ein „Süße" hinzugefügt, wie er sie früher immer genannt hatte, verkniff es sich aber im letzten Moment.

„Hallo. Oh Mann, wir standen über eine Stunde im Stau. Eigentlich wären wir schon längst da."

„Na, alles klar?", wandte sich Albin an Manuel, der etwas bleich und mit der Frage offensichtlich überfordert war.

Ein Patient, den Albin nur vom Sehen kannte, ging vorüber und musterte Corinna interessiert. Am liebsten hätte Albin Corinna vor allen anderen versteckt.

„Jetzt zeig mir mal dein neues Zuhause", sagte Corinna.

„Wollen wir nicht erst mal deine Sachen ins Zimmer bringen?"

„Nein, dafür haben wir später auch noch Zeit." Ungezwungen, wie es ihre Art war, hakte sie sich bei ihm unter. Manuel lief neben ihnen, Pilot des Flugzeugs in seiner Hand. Als erstes führte Albin sie zum Teich und den Pferden. Erstaunlicherweise interessierte sich Corinna mehr für die Ponys und Enten als Manuel.

„Die Tiere zu versorgen, tut mir gut. Da habe ich meine Ruhe", sagte Albin um die Stille zwischen ihnen zu durchbrechen.

Es war anstrengend für ihn, weil Corinna von der Umgebung so fasziniert war, dass sie nur wenig sprach. Sie gingen zum Gästehaus.

„Soll ich dir euer Zimmer schon einmal zeigen?"

„Nein, zeig mir mal dein Zimmer", antwortete sie keck und grinste ihn an.

Genau dieses Lachen hatte ihn verliebt gemacht. Es war immer noch das gleiche. Eine Mischung aus Erotik und Infantilität.

Kai kam mit Torben den Weg herunter. Sie sahen herüber und tuschelten. Auch Corinna bemerkte es. Sie mochte es, im Mittelpunkt zu stehen, von Männern begehrt zu werden.

„Kennst du die beiden?"

„Ja", antwortete Albin missmutig, was Corinna, die immer noch zu den beiden Jungs sah, gar nicht auffiel.

Albin fühlte Eifersucht in sich aufsteigen. Torben hatte eine ähnliche Figur wie der Vater von Manuel, breites Kreuz, groß.

„Leider kenne ich die beiden. Das sind zwei Faschos, die mir das Leben hier von Anfang an zur Hölle gemacht haben. Wegen dem einen hätte ich beinahe nach ein paar Tagen wieder abgebrochen."

Während sie zurück zum Haupthaus gingen, erzählte Albin, was vorgefallen war. Nach dem sie im Speisesaal Kaffee getrunken hatten – zu Albins Erleichterung waren nur wenige Patienten anwesend –, gingen sie in den WG-Raum, der leer war. Manuel spielte mit Bauklötzen. Albin brühte Weihnachtstee auf und war froh über die Ablenkung. Ein Gespräch kam nur schleppend in Gang und als er einmal kurz seinen Arm um Corinna legte, fühlte es sich falsch an.

Beim Abendessen wurden sie von Torben und Kai beobachtet. Giso ignorierte Albin, grüßte ihn nicht einmal. Manuel schleuderte seine Wiener durch den Raum.

„Manuel, pass doch auf", rügte Albin ihn barsch, als er Wasser verschüttete.

Corinna fuhr Albin an: „Bist du jetzt zum Spießer geworden, oder was?"

Sie hatte natürlich vollkommen Recht. Manuel war ein Kind, das sich auch benehmen durfte wie ein Kind. Aber er, Albin, wollte, dass er sich ordentlich benahm, wie ein Erwachsener. Hier zeigte sich einmal mehr seine Zerrissenheit. Er verhielt sich wie jemand, der er nicht sein wollte. Sagte Sachen, die er nicht sagen wollte. Er erfüllte die Erwartungen der Außenwelt auf Kosten seiner Identität. Wie alle.

Wenn das nicht schizophren war?! Schwermut legte sich auf ihn. Er wünschte sich, stark zu sein, so stark wie damals, als er noch gesagt hatte, was er wirklich dachte, egal wie sein Umfeld darauf reagierte. Dafür nahm er auch Schläge, Verweise und Strafen in Kauf.

Nach dem Essen gingen sie in die Cafete, wo Torben und Kai Billard spielten. Jetzt sah sie immer wieder zum Billardtisch hinüber, obwohl Albin bemüht war sie in ein Gespräch zu verwickeln. Aus dem Augenwinkel sah er, wie Torben etwas zu Kai sagte, woraufhin der rüber kam.

„Hallo. Willst du mitspielen?", sagte er zu Corinna.

Dabei umklammerte er mit den Wurstfingern seiner einen Hand den Billard-Queue, während die der anderen Hand an den Knöpfen seines Hawai-Hemds herumspielten.

Albin wollte sich eine Zigarette drehen, zerriss aber zweimal hintereinander das Paper, als er es aus der Packung zog. Was bildeten die sich überhaupt ein? Corinna war sein Besuch.

„Ja gerne", sagte Corinna und stand auf.

Albin verschüttete den Tabak, den er in ein Paper gepackt hatte und verließ wütend die Cafete. Er sah aus einem der Flurfenster, lief auf und ab. Glücklicherweise war sonst niemand da. In Gedanken hörte er Corinna schon im Gästehaus stöhnen, während er auf Manuel aufpasste. Diese Vorstellung brachte ihn dazu, wieder in die Cafete zurückzugehen. Dort wischten Corinna und Kai gerade den KiBa auf, den Manuel hinuntergeworfen hatte. Torben lehnte lässig am Billardtisch.

„Wo warst du denn?", fragte Corinna vorwurfsvoll.

„Auf dem Klo."

Im Zimmer drehte Albin die Heizung auf. Das hatte er trotz seiner sonst so gründlichen Vorbereitungen vergessen. Selbst Kondome hatte er besorgt. Sie warteten jetzt in seiner Hosentasche. Obwohl er heute Morgen gelüftet hatte, roch es muffig.

„Und das ist dein Bett, Manuel“, sagte Albin und deutete in die Ecke.

Corinna zog Manuel gerade seinen Schlafanzug an.

„Ich will aber bei dir schlafen Mama.“

Genau das hatte Albin befürchtet. Noch bevor er auf Manuel eingehen konnte, hörte er, wie die Eingangstür einen Stock tiefer ins Schloss fiel und Schritte näher kamen. Er kannte die Stimme, wusste aber nicht gleich, wem er sie zuordnen sollte. Als er den Schatten einer gedrungenen Gestalt hinter der Glastür vorbeigehen sah, fiel es ihm ein: Bomber. Albin hatte gehofft, Corinna und er hätten das Gästehaus für sich, könnten zur Not in das Zimmer nebenan gehen, damit Manuel sie nicht hörte. Wenigstens schienen sich Bomber und seine Freundin im hinteren Teil des ersten Stockes einzunisten. Jetzt gestaltete sich der Abend für Albin noch problematischer. Wenn er in sein Zimmer gehen und nicht bei Corinna schlafen würde, wussten morgen alle, dass zwischen ihnen nichts gelaufen war.

Obwohl Manuel nicht mochte, legte ihn Corinna in das Kinderbett. Jetzt saß sie auf dem Doppelbett, wandte Albin den Rücken zu, zog sich die Hose aus. Sie streifte ihr T-Shirt ab und griff nach dem BH-Verschluss. Da war ein schwarzes Tribal über ihrem Steiß, das er noch nicht kannte.

„Warte, ich helfe dir“, sagte Albin mit vibrierender Stimme.

Unbeholfen öffnete er den Verschluss. Aus dem Kinderbett war Manuels gleichmäßiges Atmen zu hören. Albin überlegte, ob er Corinnas Haare beiseite nehmen, sie in den Nacken küssen sollte, wie sie es so gerne hatte. Sie an den Schultern streicheln, ihren Hals bestimmt, aber zärtlich streicheln und ihren Kopf drehen sollte, um sie küssen zu können. Oder ob er sie gleich an ihren Brüsten berühren sollte, um sicher zu gehen, dass sie auch wirklich nicht mehr groß darüber nachdachte, ob sie jetzt mit ihm schlafen wollte. Weil es ihm unangenehm war, dass er einen Ständer hatte, kniete er in sicherer Distanz auf dem Bett. Gerade wollte er nach ihren Brüsten greifen, da rief Manuel nach seiner Mama.

Von draußen hörte man Bombers kehliges Lachen. Albin erschrak, kippte nach vorne und rammte Corinna seinen Ständer in den Rücken. Corinna stand auf, verpasste Albin mit ihrem Ellbogen einen Nasenstüber und berührte beim Aufstehen seinen Schwanz. Albin stöhnte laut auf. Genau in dem Moment gingen Bomber und seine Freundin an der Tür vorbei und kicherten ungeniert. Auch Corinna grinste, während sie sich ihr T-Shirt überzog und zu Manuel ging. Albin wartete ab, bis er sicher sein konnte, dass Bomber und seine Freundin gegangen waren und lief nach unten, um eine zu rauchen.

Er ging zum Teich, um sich verstecken zu können, falls Bomber und seine Freundin vorbeigehen und dumme Fragen stellen würden. Was war er bitte für ein Liebhaber, der laut stöhnte, aber von der Frau war kein Mucks zu hören. Bestimmt würden sie denken, er wäre zu früh gekommen, was naheliegend war, nach so langer Abstinenz.

Der Himmel war klar, obwohl es den ganzen Tag geregnet hatte und die Wiesen aufgeweicht waren, klar wie damals, als er mit Corinna auf der Brücke gelegen und die Sterne beobachtet hatte. Corinna, der liebe Geist aus der Vergangenheit. Aus einer besseren Zeit, die es so nie wieder geben würde. War sie wirklich besser gewesen? Oder verklärte sich nur alles in seiner Erinnerung? Was war gut daran, sich von Bauern-Faschos auf einer Kirchweih vermöbeln zu lassen?

Er musste an die Gespräche mit Nina denken, die er in den letzten Wochen geführt hatte. Ihr Bild löste ein wohliges Gefühl in ihm aus und ließ ihn unsicher werden bei dem Gedanken an Corinna. Vielleicht sollte er in sein Zimmer gehen, sich auf dem Klo einen runterholen, wie die letzten Wochen und nichts darauf geben, was die anderen von ihm hielten. Auf der anderen Seite würde Nina nie davon erfahren, wenn er es ihr nicht erzählen würde. Außerdem war die Chance sehr gering, ihr irgendwann näherzukommen. Er war einer von vierzig Patienten im Gut. Warum sollte sie gerade ihn auswählen?

Im Gästehaus waren jetzt alle Fenster dunkel. Vermutlich war Bomber mittlerweile beschäftigt. Albin atmete erleichtert auf.

Die Stufen knarrten, als er wieder hoch ging. Der Geruch des alten Hauses hüllte ihn ein. Wie viele Dramen hatten sich hier wohl schon abgespielt? Geständnisse von Seitensprüngen, Trennungen. Aber auch Wiedersehensfreuden und zig Orgasmen. Sachte öffnete Albin die Tür und zog sich die Schuhe aus. Langsam gewöhnten sich seine Augen an die Dunkelheit. Auf der rechten Seite des Bettes lag Corinna.

Vielleicht ganz nackt, vielleicht ohne ihr schlabbriges weißes T-Shirt und ihren schwarzen Schlüpfer. Albin zog sich bis auf die Shorts aus und sah, dass ihm seine Gedanken eine erneute Erektion beschert hatten. Die dünne Hose stand steil ab, veranstaltete ein Schattentheater an der Wand. Hoffentlich hatte Corinna das nicht gesehen. Mit dem Rücken drehte er sich dem Bett zu, stieß mit seiner Hüfte gegen etwas, einen Arm; Manuels Arm. Manuel lag im Bett. Albins Ständer brach in sich zusammen, wie die Hoffnung, heute noch mit Corinna zu schlafen. Er hörte ihre gleichmäßigen Atemzüge und legte sich auf den schmalen Streifen, den Manuel frei gelassen hatte. Jetzt war auch die letzte Wolke vorübergezogen. Milchiges Licht durchflutete den Raum. Wie ein kleiner Junge nur so viel Platz beanspruchen konnte? Albin betrachtete das kleine Menschlein, das auf dem Rücken lag, die Arme von sich gestreckt, wie seine Brust sich hob und senkte. Albin fühlte Wut auf Manuel, die trotz des friedlichen Anblicks nicht verebbte. Wenn es wenigstens sein Kind wäre, und nicht das dieses Arschgesichts, das jetzt im Knast saß, weil es Corinna geschlagen hatte.

So sehr sich Albin auch bemühte, er konnte nicht einschlafen. Er hatte einfach zu wenig Platz. Er stand wieder auf, nahm eine Decke aus dem Kinderbett und breitete sie auf dem Boden aus. Der Boden stank fürchterlich, war versifft und voller Brandflecken. Albin fror, aber es war keine Decke mehr da. Die Wut auf Manuel wich der altbekannten Schwermut. Was wäre, wenn er einfach verschwinden, zur Straße gehen, trampen, mit dem Zug nach Nürnberg fahren, sich besaufen und am Plärrer Benzos und Shore kaufen würde? Es würde eh nie wieder so wie früher werden. Vielleicht würde er nie wieder eine Freundin haben, würde er den Rest seines Lebens Stimmen hören, seinen Verstand verlieren. Bleischwer lagen die Gedanken in seinem Bauch. Tränen liefen die Wangen hinunter und er wünschte sich, Corinna würde ihn in den Arm nehmen. Was hätte er dafür gegeben? Mehr als fünfzig Euro.

Corinna saß wieder auf dem Bettrand, nur mit einem schwarzen Spitzenslip bekleidet. Albin kniete sich hinter sie und öffnete den BH. Ihre Brüste standen leicht ab. Dieses Mal schrie Manuel nicht, standen Bomber und seine Freundin nicht vor der Tür und kicherten. Wieder hatte Albin eine Erektion. Er strich Corinna die schwarzen Haare aus dem Nacken und küsste sie. Sie stöhnte leise und fasste nach seiner Hand, führte sie an ihren Busen. Mit der freien Hand umfasste Albin die andere Brust und massierte sie. Corinna stöhnte lauter, genau wie sie es früher immer getan hatte und griff zwischen seine Beine. Albin hatte die Augen geschlossen und zog Corinna zu sich heran. Als er sie öffnete, sah er in Torbens Gesicht. Albin fühlte, wie er kam. Er erwachte und drückte seine Hand in den Schritt. Seine Hose war schon feucht.

Albin lauschte. Im Haus war alles still. Er musste eine ganze Weile geschlafen haben. Auf der Toilette wischte er sich ab und stopfte Toilettenpapier in die Hose. Dann ging er zum Haupthaus. Was sollte er sagen, falls ihm jemand begegnete? Bis zu seinem Zimmer ging alles gut. Albin öffnete vorsichtig die Tür zu seinem Zimmer – Giso schnarchte wie immer –, ging zu seinem Schrank. Da murmelte Giso etwas. Albin fuhr herum. Aber Giso lag zur Wand gedreht, hatte nur im Schlaf gesprochen.

Albin zog eine Short aus dem Schrank und verließ das Zimmer. Im WG-Raum stand die Tür offen, aber es brannte kein Licht. Wie immer roch es nach kaltem Rauch. In einer Duschkabine wusch sich Albin und wechselte die Shorts. Die Versiffte schrubbte er unter dem Wasserhahn und hängte sie auf die Heizung. Eine bessere Lösung fiel ihm nicht ein. Dann ging er zurück zum Gästehaus.

Der Split knirschte unter den Sohlen, und die ersten Vögel zwitscherten bereits. Albin fühlte sich schmutzig. Der Gedanke, der ihn immer wieder in den letzten Jahre beschäftigt hatte, kehrte zurück. Er glich einer streunenden Katze, er entschlüpfte ihm jedes Mal aufs Neue. Und wenn Albin glaubte, ihn abgeschüttelt, die Katze erdrosselt zu haben, kehrte er zurück. Jede Katze hat sieben Leben und der Gedanke an den Selbstmord ist eine Horde von Katzen.

„Die wirklich Leidenden sind die, die zurückbleiben", hatte Sibylle erst vor wenigen Tagen zu ihm gesagt.

Kurz vor dem Gästehaus stoppte Albin, presste sich an die Hauswand. Am Teich hatte sich etwas bewegt. Vielleicht ein Tier, vielleicht aber auch ein Patient, Bomber oder sogar Torben. Er huschte zum Waschhaus, versteckte sich hinter der Ecke. Sah einen Schatten, nein, zwei Schatten. Hörte Stimmen, die leiser wurden. Er schlich ihnen nach, hatte plötzlich keine Angst mehr. Er konnte zwar nicht sehen, wer es war, aber er erkannte als eine der Stimmen die von Torben, auch die andere Stimme kam ihm bekannt vor ... Was wollten die um diese Uhrzeit hier draußen? Albin atmete gepresst, hielt sich die Hand vor den Mund, zwang sich stillzustehen, hörte nur Wortfetzen.

„Genug Kohle, um 14 Kilo zu kaufen ..."

Albin war verwundert. Bis jetzt hatte er angenommen, Torben wäre hier, weil er zu viel getrunken hatte. Faschos und Drogen? Irgendwie passte das nicht zusammen.

„Blutige Revolution ..."

Das war nicht Torbens Stimme.

Der Schrei eines Uhus gellte durch die Nacht. Albin fuhr zusammen und stieß gegen den Fensterladen. Die Stimmen verstummten. Jemand wanderte durchs Gras, Äste knackten, Schuhe schmatzten. Auch Albins Schuhe schmatzten leise. Hinter sich hörte er schnelle Schritte.

Als Albin ins Zimmer kam, schliefen Corinna und Manuel noch immer. Manuel war zu seiner Mama gerutscht, die einen Arm um ihn gelegt hatte. Albin ging ans Fenster und sah gerade noch, wie sich Autolichter auf der Landstraße entfernten.

Am nächsten Morgen erzählte Albin Corinna nichts von den Ereignissen der letzten Nacht. Vielleicht würde er es Nina erzählen, die hatte weniger Sorgen als Corinna und ihr vertraute er mehr.

Zum Abschied nahm Corinna Albin in die Arme und drückte ihn. „Mach's gut Kleiner, und pass auf dich auf."

Albin wusste, dass er sie nicht wiedersehen würde.

In der folgenden Nacht ging er noch einmal hinter das Waschhaus. Aber nichts geschah.

Ein Morgen wie jeder andere. Albin schleppte sich aus dem Bett, während Giso noch schlief und schnarchte. Draußen kroch Nebel über den Hügel. Albin schaute nach dem Specht, sah ihn nicht, hielt beim Zähneputzen kurz inne, hörte ihn aber auch nicht klopfen und ging schließlich nach unten. Als er in den Frühstücksraum trat, war die Stimmung anders als sonst. Spannung lag im Raum. Albin hörte Gesprächsfetzen: „Bullen im Haus" und „Kohle".

Er hatte keine Lust, sich zu den anderen zu setzen und nach Details zu fragen. Wahrscheinlich war wieder irgendeiner rückfällig geworden, hatte Scheiße gebaut, und die Bullen hatten ihn zurückgebracht. Spätestens in der nächsten großen Gruppe würde er davon erfahren. Aber er musste nicht bis zur nächsten Gruppe warten. Nach dem Frühstück erzählte Krabbe, was letzte Nacht geschehen war.

„Die haben den Safe ausgeraubt", begann er seinen Bericht und zog weltmännisch an einem Zigarillo.

Albin blieb sitzen, obwohl er den Geruch hasste.

„Safe ausgeraubt? Wo gibt's denn hier einen Safe?"

„Im Büro der Kruckenberg ist einer."

„Und, war viel drin?", wollte Torben wissen, der gerade erst gekommen war.

Krabbe druckste herum. „Ne ganze Menge", sagte er und sein Kopf wurde einmal mehr gefährlich rot.

„Krabbe, geh lieber mal Blutdruckmessen, bevor du uns hier noch vom Hocker kippst", frotzelte Torben ungewöhnlich gut gelaunt.

Krabbe drückte seine stinkende Zigarillo aus und stand auf. Albin hielt ihn am Arm fest. „Haben die Bullen schon eine Ahnung, wer es gewesen sein könnte?"

„Ja, aber ich weiß nicht, wen sie verdächtigen."

Albin drückte seine Zigarette aus und rollte sich die nächste. Nina ging vorbei. Albin sah ihr nach, was auch Torben nicht entging.

„Na, schon wieder scharf, obwohl du erst vor zwei Tagen ne Mama gefickt hast?"

Albin reagierte nicht, leckte den Klebestreifen des Papers ab und drehte die Zigarette fertig. Ob Nina Torbens dummen Spruch gehört hatte? Reagiert hatte sie nicht. Er konnte nicht beurteilen, ob sich Nina seit Corinnas Besuch anders verhielt. Bisher hatte es keine Gelegenheit gegeben, sich mit ihr alleine zu unterhalten.

Albin hatte die Zigarette fast zu Ende geraucht, da erinnerte er sich wieder an die Sache mit dem Safe und an die Chaostage in Hannover. Aus dem schweren Landfriedensbruch war schwerer Diebstahl geworden. Und der stand immer noch in seiner internen Polizeiakte, obwohl das Verfahren eingestellt worden war. Die Polizei wusste alles. Albins Hände zitterten stärker. Einen Safe auszuräumen war Diebstahl. Er beugte seinen Oberkörper nach vorne, stützte den Kopf auf die Hand, begann zu schwitzen. Die Polizei würde die Patienten auf Vorstrafen und sonstige Einträge abgleichen. Und was fanden Bullen geiler, als einen Linken in den Knast zu bringen?

„Bitte alle Patienten um 9 Uhr in den großen Gruppenraum kommen", plärrte Kruckenbergs Stimme aus dem Lautsprecher.

Es war zehn Minuten vor neun. Der Regen schlug gegen die Scheiben. Albin drehte sich noch eine, obwohl bereits Sternchen vor seinen Augen tanzten. Er versuchte, sich damit zu beruhigen, dass er die ganze Nacht im Bett gelegen hatte. Giso würde es bezeugen können.

Stimmengewirr schlug ihm entgegen, als er den vollen Gruppenraum betrat. Er setzte sich auf einen der letzten freien Plätze neben der Tür und dachte an die erste große Gruppe, die er hier gehabt hatte. Damals hatten sie ihn gefragt, ob er auch klauen musste, um sich seine Sucht zu finanzieren. Albin hatte sich über die Frage geärgert. Er, der Altenpfleger, der nur wegen des Kiffens hier war. Beschaffungskriminalität – alte Omas brutal niederschlagen, die Handtasche rauben, Apotheken überfallen für den nächsten Schuss?

„Nein, ich habe immer gearbeitet ... fast immer", hatte er geantwortet, ein wenig gekränkt, mit hochrotem Kopf.

Er hatte das nicht nötig gehabt. An seinem Arbeitsplatz war er sein eigener Dealer gewesen. Nur wenn er kiffen wollte, war es nicht so einfach gelaufen. Aber die harten Sachen, bis auf Pulver, Pilze und LSD, hatten an seinem Arbeitsplatz für ihn bereit gelegen. Es war so einfach gewesen, dass er immer öfter an den Medikamentenschrank gegangen war. Am Ende war er zu weit gegangen. Er hatte in seiner Gier kurz vor der Übergabe noch Tramal genommen: Seine Pupillen hatten sich schon während der Übergabe zu Stecknadelköpfen zusammen gezogen.

Albin fühlte, wie Torben ihn anstarrte. Oder bildete er sich das nur ein? Jetzt sah Torben wieder weg. Neben Sibylle und der Leiterin der Einrichtung, Frau Kruckenberg, saß ein Mann mit leicht gebeugtem Oberkörper und Schnauzbart. Wahrscheinlich ein

Zivilbulle. Albin erinnerte sich, wie man bei seiner Ankunft auf dem Gut hatte wissen wollen, ob er denn schon im Gefängnis gesessen hatte. Damals war dieser unerklärliche Stolz in Albin hochgekrochen.

„Ja, wegen schwerem Landfriedensbruch."

Nicht weniger stolz hatte er vom Supermarkt berichtet. Wie sehr er seine große Klappe jetzt bereute!

Der Schnauzbartzivi stand auf, wie um seiner Autorität Ausdruck zu verleihen.

„Wie ihr vielleicht schon gehört habt, ist letzte Nacht in das Büro von Frau Kruckenberg eingebrochen worden."

Er legte eine fachmännische Pause ein und räusperte sich, sein Blick durchstreifte den Raum. Als er bei Albin angelangt war, schniefte der.

„Es wurde der Safe aufgebrochen und eine größere Summe entwendet."

Albin hörte den Atem seines Nebenmannes, ansonsten war es still im Raum.

„Wenn irgendjemand etwas gehört oder beobachtet hat, kann er es jetzt sagen oder später zu mir oder einem der Therapeuten kommen."

Er schwieg erneut. Albin hielt seinem Blick stand.

„Tja", lachte der Schnauzbart kurz auf, „das habe ich mir fast gedacht", und blickte zu Frau Kruckenberg, die nun das Wort ergriff: „Herr Ritter von der Kripo wird nachher noch einzelne von euch näher befragen."

Diesmal war Albin sicher, dass sie ihn nicht zufällig anvisierte.

Eine Stunde lang wurden in unregelmäßigen Abständen Patienten ins Büro der Chefin gerufen. Jedes Mal wenn der Lautsprecher knackte, zuckte Albin zusammen.

Dann war es soweit: „Albin O. bitte ins Büro von Frau Kruckenberg kommen!"

Im Zimmer saßen der Zivi und Frau Kruckenberg hinter dem großen Schreibtisch, wie damals die beiden Polizisten in Hannover.

„Herr Albin O.?", fragte Ritter.

Auf dem Schreibtisch lag ein Diktiergerät, ein roter Knopf leuchtete.

„Sie hatten eine Anklage wegen schweren Diebstahls? Ist das richtig?"

„Ja. Aber die wurde eingestellt."

„Wie kam es dazu?"

„Ich war bei den Chaostagen in Hannover und bin mit einem Freund im Park gesessen. Da sind zwei Punks mit einem Einkaufswagen voll gestohlener Getränke gekommen und wieder gegangen. Sie meinten, sie würden nur kurz weggehen und dann gleich wieder kommen."

„Und dann?", fragte Frau Kruckenberg.

„Dann kamen Polizisten und haben uns festgenommen. Sie dachten, wir hätten die Sachen aus einem Supermarkt geklaut, der in der Nacht aufgebrochen worden war."

„Und, haben sie die Sachen aus dem Supermarkt geklaut?"

„Nein, natürlich nicht."

Frau Kruckenberg atmete erleichtert aus. Albin war erleichtert, dass er vermummt gewesen war.

Damals, Wochen nach seiner Rückkehr aus Amsterdam – die Stimmen hatten ihn immer noch gequält –, rief ihn ein Bulle aus Hannover an. Er wollte wissen, ob sich Albin als Punker bezeichnen würde. Albin antwortete, ohne nachzudenken, dass er in erster Linie der Albin O. sei und dann lange nichts. Die Antwort hatte den Bullen verblüfft.

„Auf dem Bild sehen Sie aber schon aus wie ein Punker", waren seine letzten Worte und er beendete das Gespräch.

„Wir haben hinter dem Haus Schuhabdrücke von Ihnen gefunden, vor Frau Kruckenbergs Büro", fuhr Ritter mit dem Verhör fort.

Die Blicke der beiden bissen sich in Albins Augen fest. Albin sah auf seine Hausschuhe. Ritter hob Albins Turnschuhe hoch und hielt sie ihm entgegen.

„A ... aber ... Ich habe die ganze Nacht in meinem Bett gelegen."

Plötzlich funktionierte Albins Gehirn wieder einwandfrei. Er hatte ein Alibi. Ihm konnte nichts passieren, auf Giso konnte er sich verlassen. Ihre Gespräche beschränkten sich zwar seit Corinnas Besuch nur auf das Nötigste. Aber Giso war auf seiner Seite.

„Kann das jemand bezeugen?", Ritter räusperte sich wieder.

„Ja", sagte er lauter als gewollt. „Giso, mein Zimmernachbar."

Frau Kruckenberg rief Giso auf. Albin wurde angewiesen, vor der Tür zu warten. Da kam Giso den Gang herunter. Albin starrte ihn hoffnungsvoll an, aber Giso ignorierte ihn nur. Schon nach kurzer Zeit kam er wieder heraus und ging ohne ein Wort an Albin vorbei.

Wieder im Zimmer, sah Frau Kruckenberg Albin mitfühlend an.

„Ihr Kollege meinte, er kann sich nicht daran erinnern, dass sie in ihrem Bett waren", sagte Ritter.

„Aber das ist nicht wahr!“, schrie Albin. „Also ... ich habe noch nicht alles erzählt.“

Die Blicke von Kruckenberg und Ritter ließen nicht von Albin ab.

„Vor zwei Nächten hatte ich Besuch. Von einer Freundin.“

„Ja, und?“, fragte Ritter und räusperte sich.

„Ich habe im Gästehaus geschlafen. Und weil ich nicht einschlafen konnte, war ich noch eine rauchen. Da habe ich Stimmen gehört.“

„Und wessen Stimmen haben Sie gehört?“, bohrte Ritter nach.

Inzwischen wusste er, zu wem die andere Stimme gehört hatte. Eines Tages im Gruppenraum, Albin hatte nicht auf das Programm geachtet, tönte genau diese Stimme aus dem Gerät. Markus Wiechmann! Wehrsportgruppe Süd! Sollte er den Namen jetzt nennen?

„Torben Ahlers ... und noch einer, den ich nicht kenne.“

„Und warum sollen die beiden sich mitten in der Nacht getroffen haben?“

Albin überlegte, ob er die ganze Wahrheit sagen sollte. Vermutlich würde Torben eher zugeben, in der Nacht draußen gewesen zu sein, wenn Albin so tat, als wüsste er nicht, was gesprochen worden war.

„Weiß ich nicht.“

Frau Kruckenberg rief Torben aus, der gleich vor der Tür stand. Albin wartete wieder, ging auf und ab. Torben grinste, als er aus der Tür trat.

Liebe Nina,
Ich will eine Zukunft, in der ich frei sein kann und mich nicht mehr gefangen nehme durch meine Maßlosigkeit, meine Krankheit, die Sucht. Warum sollte ich durch einen Einbruch so ein Risiko eingehen?
Die Gespräche mit dir haben mir gezeigt, wie schön das Leben sein kann. Dein Lachen gibt mir mehr als jeder Joint und jede Line. Und noch etwas haben mir unsere Gespräche gezeigt. Es kommt nicht darauf an, was ich nehme. Egal, ob Kaffee, Bier, Gras oder Koks. Das Problem ist, dass ich immer mehr will. Menschen, die nicht suchtkrank sind, können einen Joint rauchen und es dabei belassen. Aber ich kann das nicht mehr. Ich weiß jetzt, Gras ist weder gut noch schlecht, aber für einen Suchtkranken ist es zu gefährlich.
Im Moment ist alles wieder aussichtslos und ich habe großen Suchtdruck. Zum Glück bin ich alleine in einer Zelle. Ich glaube, wenn mir jetzt jemand etwas anbieten würde, würde ich ja sagen. Aber der Gedanke an dich macht mich stark und gibt mir Kraft.
Ich hoffe, wir sehen uns bald wieder!
Albin

Am frühen Morgen wurde Albin aus der Untersuchungshaft entlassen. Der Zivi holte ihn aus der JVA ab und fuhr ihn zurück ins Gut. Die Patienten, die gerade gefrühstückt hatten, drängten auf den Gang. Torben stand auf der Treppe. Einige gängelten Albin mit ihren Fragen – Krabbe vorneweg –, aber Albin wollte nur noch in sein Zimmer, wo Sibylle schon auf ihn wartete.

Sie berichtete von dem Einzelgespräch mit Giso, dass sie einen Tag, nachdem Albin in den Knast gekommen war, mit ihm geführt hatte. Darin hatte Giso ihr erzählt, dass Albin die Revolution, den Kastrations-Peace verraten und bei einer Frau, Corinna übernachtet habe. Deswegen konnte er Albin gegenüber nicht mehr loyal sein. Später gestand Giso sogar, Albin gehört zu haben, als er in das Zimmer kam. Die befleckte Hose, so Giso, hatte ihn endgültig dazu gebracht, eine falsche Aussage zu machen.

Dann ließ ihn Sibylle alleine. Albin saß auf dem Bett und sah aus dem Fenster. Tränen flossen über seine Wangen. Die Schafe grasten friedlich auf dem Hang. Er hätte nie gedacht, einmal froh zu sein, wieder hier zu sitzen.

Albin schlief den ganzen Tag und aß nicht einmal zu Mittag. Er bemerkte auch nicht, wie Nina hereinschaute. Eine Stunde vor dem Abendessen erwachte er, duschte ausgiebig und ging in den Speisesaal. Dort aß er drei Semmeln und einen Berg Salat. Zum Glück ließen ihn die anderen weitgehend in Ruhe. Nur Krabbe setzte sich an seinen Tisch und löcherte ihn. Vermutlich in Torbens Auftrag. Albin fühlte sich, als wäre sein Kopf in einer Schaumstoffmatte gefangen, die Außenwelt drang nur gedämpft zu ihm durch, und um sie wahrzunehmen, benötigte er seine ganze Energie. Selbst um seine Eltern anzurufen, fehlte ihm die Kraft. Sibylle hatte sie über seine Entlassung informiert.

Nach dem Abendessen ging er in den Keller und setzte sich in den Fernsehraum. Es störte ihn nicht einmal, dass Torben zwei Stuhlreihen vor ihm saß und herum zappelte wie ein kleines Kind. Alles war besser als der Knast. Die Tagesschau flackerte über den Schirm, sie kam nur in Fetzen bei ihm an. Erst, als vom jüdischen Kulturzentrum die Rede war, horchte Albin auf. In zwei Tagen sollte der Grundstein gelegt werden. Am 9. November, dem Jahrestag der Reichspogromnacht.

„Die Konzentrationslager und den ganzen Scheiß haben die Amis doch nur erfunden, um den Befreiungskrieg des deutschen Volkes schlecht zu machen", sagte Torben zu Maximilian.

Albin hatte schon im Raum gesessen, als Torben gekommen war. Vermutlich hatte Torben ihn nicht bemerkt. Sprach so ein Aussteiger? Plötzlich war Albin hellwach.

„In Bagdad hat ein Selbstmordattentäter dreißig Menschen in den Tod gerissen und achtzen verletzt", meldete der Tagesschausprecher.

Ein verkohltes Autowrack, von dem Rauchsäulen aufstiegen, wurde heran gezoomt. Schwarzgekleidete, verschleierte Frauen kreischten, wandten in ihrem Schmerz die Hände zum Himmel. Verstümmelte, blutverschmierte Menschen wurden auf Bahren in Rettungswagen des Roten Halbmondes geladen. Sanitäter rissen weinende Männer von nicht mehr identifizierbaren, fleischigen Stummeln. Das

Blaulicht auf dem Dach der weißen Sanitätsfahrzeuge verrichtete wie jeden Tag stoisch seinen Dienst.

„So müsste man es machen", sagte Torben.

Maximilian nickte zustimmend.

„Blutige Revolution", hallten die Worte in Albins Kopf nach, die er in der Nacht gehört hatte. Ihm wurde übel. Er verließ den Fernsehraum und erbrach sich in die Toilette. In seinem Zimmer fiel er auf das Bett. Giso war nicht da. Da klopfte es und er fuhr hoch.

„Hallo Albin." Nina stand in der Tür. Albin war sprachlos. „Darf ich reinkommen?"

„Klar, setz dich."

Er stand auf, zog einen Stuhl unter dem Tisch hervor und setzte sich wieder aufs Bett.

„Ich wollte wissen, wie es dir geht." Sie streckte ihren Arm aus, zog ihn aber wieder zurück, noch bevor sie seine Hand berührt hatte. Ihre Wangen röteten sich. „Danke für deinen Brief."

Albin fühlte, wie im heiß wurde. „Nina, ich muss dir was sagen."

Der Schein der Lampe über dem Waschbecken beleuchtete sie von hinten. Albin betrachtete das Muttermal neben ihrer Lippe. Sie war heute noch hübscher als sonst. Sein Herz schlug schneller.

„Sag einfach, was du denkst, du musst dich nicht für deine Gefühle schämen."

„Ich habe vor einigen Nächten Torben belauscht. Warum, erzähle ich dir später", Albin stockte und nestelte am Bettlaken herum. „Torben hat sich mit jemandem hinter dem Stall getroffen. Ich glaube mit Markus Wiechmann, einem Fascho der Wehrsportgruppe Süd. Den kenne ich aus der Zeitung."

Nina beugte sich nach vorne und starrte auf Albins Mund.

„Sie haben etwas von genug Geld für 14 kg gesprochen und von einer blutigen Revolution."

„Vielleicht meinten sie damit Drogen."

„Ja, dachte ich zuerst auch. Aber Faschos und Drogen? Und 14 kg sind dann doch ein bisschen viel. Und warum blutige Revolution? Eine Heroin-Revolution?"

Beide konnten nicht über den misslungenen Witz lachen.

„Und, ich habe Schuhabdrücke hinterlassen, aber eben nicht vor dem Büro von der Kruckenberg. Da muss sich jemand meine Schuhe geschnappt und nachgeholfen haben ..."

Nina legte die Hand ans Kinn. „Torben ..."

„Kann ich nicht sicher sagen."

Nina kratzte sich am Kopf. „Was denkst du? Sollen wir die Polizei informieren?"

„Ich weiß nicht. Die Anhaltspunkte sind dürftig. Und jemanden wegen der Vorbereitung eines Bombenattentats zu verdächtigen, ist schon nicht ohne."

Nina und Albin beschlossen, das Team zu informieren und Torben in der nächsten Zeit genauer zu beobachten.

„Albin", Nina schob sich die Haare hinter die Ohren, „du hattest doch Besuch."

Jetzt kam es also doch noch zur Sprache. Wenn sie wüsste, dass er keusch wie ein Mönch gewesen war.

„Ich weiß nicht, wie ich es sagen soll", druckste Nina herum, „und eigentlich geht es mich auch gar nichts an."

Sie rang nach den richtigen Worten, die es nicht gab, knetete im Wechsel Ohrläppchen und Hände. Albin hätte am liebsten für sie gesprochen. „Sag doch einfach. Du musst dich nicht für deine Gefühle schämen."

Beide lachten.

„Jetzt Mal im Ernst", setzte Nina erneut an.

Albin fühlte, wie sich die Zuneigung zu einem schweren Stein verwandelte, der den ganzen Magen ausfüllte.

„War der Kleine dein Sohn?"

Der Druck im Bauch ließ nach, ein liebevolles Lächeln huschte über sein Gesicht. „Nein, ich bin nicht der Vater."

Dieses Mal war es Nina, die hörbar ausatmete. Albin wartete ab, ob jetzt die nächste Frage kommen würde, die Frage, ob er Corinnas Freund sei.

„Könntest du dir vorstellen, einmal Kinder zu haben?"

„Klar, warum nicht", antwortete Albin spontan, „wenn ich die richtige Frau gefunden habe."

„Und was wäre die richtige Frau für dich?"

„Eine, die nicht zu viele Fragen stellt."

„Okay." Jetzt war Nina verwirrt. Wieder knetete sie ihre Hände.

„Und die Humor hat", fügte er schnell noch hinzu, „so wie du."

Nach der turbulenten Woche war Albin froh, am Samstag keine Verpflichtungen mehr zu haben. Die Duschen waren geputzt, er legte sich auf das Bett und las. Auf dem Nachtkästchen stand eine Tasse Wintertee, der den warmen Raum mit Zimt- und

Beerenduft erfüllte. Die künstliche Beleuchtung vertrieb das dämmrige Licht des Novemberabends. Er setzte sich auf, um sein Kissen anders hinzulegen und stieß die Tasse um. Der Tee ergoss sich über den Boden und bildete eine rote Lache. Auf dem Weg zur Putzkammer kam er an Torbens Zimmer vorbei. Schon von weitem hörte er laute Stimmen, hörte, wie sich Torben und Christina stritten. Er blieb stehen.

„Ich bin schwanger und du denkst nur an Politik! Ich glaub es einfach nicht!“

„Schrei nicht so rum“, zischte Torben.

Albin ging weiter, bis er vor der Tür stand.

„Fass mich nicht an!“, brüllte Christina.

„Willst du mich in den Knast bringen? Ich kann jetzt nicht einfach so aussteigen. Die würden mich verpfeifen oder umnieten“, sagte Torben leiser.

„Das sind ja feine Kameraden, die dich umbringen, nur weil du nicht nach ihrer Pfeife tanzt.“

„Es geht nicht nur um die Kameraden, es geht auch um uns, um viel Geld! Versteh doch bitte Christina! Das ist kein Spiel.“

„Denkst du, ein Kind ist ein Spiel ... Ich dachte, seit dem Tod von Susanne hättest sogar du das kapiert. Entweder ich oder deine Kameraden.“

„Christina, kapier doch endlich ...“

Plötzlich sprang die Tür auf und Torben raste heraus.

„Torben, hast du den ...“, fragte Albin.

„Lass mich in Ruhe“, unterbrach ihn Torben und stieß ihn zur Seite.

Christina saß am Tisch, Hände und Arme über dem Kopf zusammengeschlagen. Ihr Körper wurde von Schluchzern geschüttelt. Einen Moment lang wusste Albin nicht, was er tun sollte. Dann ging er zu ihr und streichelte ihr über den Kopf. Zerzauste Haarsträhnen hingen ihr übers Gesicht. Sie sah ihn an und lehnte sich an seinen Bauch. Das Zittern ließ nach, die Schluchzer wurden leiser. Plötzlich stand Torben in der Tür. Er sah Albin, richtete sich auf, stürzte auf Albin zu und schrie: „Finger weg von meiner Frau, du verdammte Zecke!"

Albin riss sich von Christina los, die wieder zu wimmern begann. Torben packte Albins Genick, donnerte seinen Kopf an Albins Stirn. Der sah nur noch Sterne. Und dann erfasste ihn eine unbändige Wut. Er grub seine Finger in Torbens harte Schultern, riss den wuchtigen Oberkörper zu sich heran und rammte ihm das Knie in die Magengrube. Torben stöhnte leise auf, klappte zusammen und blieb zusammengekrümmt liegen. Albin nahm Wischmop und Eimer aus der Ecke und verließ das Zimmer, ohne sich noch einmal umzudrehen.

Polizeisirenen rissen Albin am nächsten Morgen aus dem Schlaf.

Lautes Stimmengewirr erfüllte das Haus. Waren sie Torben auf die Schliche gekommen? Hatten sie die Anschlagspläne aufgedeckt?

Auf dem Gang war keiner der Jungs zu sehen, die Türen standen weit offen. Sonst waren sie um die Zeit geschlossen. Etwas hatte die Jungs aus den Zimmern getrieben. Langsam ging Albin den Gang hinunter, sein Kopf schmerzte. Da sah er die ersten Patienten auf der Treppe. Ein Hakenkreuz prangte in roter Farbe an der weißen Wand. Und es war nicht das einzige, das ganze Treppenhaus war beschmiert mit roten Hakenkreuzen. Bei jedem Schritt kniff er sein linkes Auge zusammen, versuchte damit, den Schmerz zu kompensieren, der durch den Lärm im Hausgang verstärkt wurde.

War Torben wirklich so dumm und verschaffte sich unnötigen Ärger? War er wirklich so dumm und provozierte hier mit Hakenkreuzen? Zur Erinnerung an alte Zeiten, die vielleicht gar nicht so alt waren? Hatte er gesoffen und war übermütig geworden?

Bis Albin am Haupteingang ankam, hatte er eine Galerie an Hakenkreuzen in unterschiedlichen Größen abgeschritten. Sie ähnelten sich alle, was auf einen Täter schließen ließ. Es musste Torben gewesen sein.

Da kam Ritter, der Zivi, der ihn festgenommen hatte, zur Tür herein, einen Schlipsträger, vermutlich vom Staatsschutz, im Schlepptau. Devot bereitete Ritter dem anderen den Weg durch eine Traube von Patienten. Ritter nickte Albin zu, was der kaum erwiderte. Er freute sich nicht besonders, ihn wiederzusehen. Erleichtert beobachtete er, wie die beiden durch die Glastür in Richtung Kruckenbergs Büro gingen. Die erwartete sie schon mit ausgestreckter Hand. Ohne das obligatorische Lächeln.

Albin ging in die Cafete und rauchte eine. Maximilian war auch schon da. Torben kam die Treppe herunter, ihre Blicke trafen sich und Albin wusste sofort, dass Torben nicht hinter den Schmierereien steckte. Er war kreidebleich und unterschied sich kaum von der weißen Wand. Insgeheim freute sich Albin über den Ärger, der auf Torben zukommen würde. Der Staatsschutzbulle würde sich Torben als ersten schnappen. Und so war es dann auch.

Kaum hatte sich Albin auf einen Stuhl gesetzt, da knisterten über ihm die Lautsprecher und forderten Torben auf, in das Büro der Chefin zu kommen.

Maximilian und Albin sahen sich an. Maximilian zog nervös an seinem Zigarillo, während er es ununterbrochen drehte. In seinem Schnauzer hingen – wie fast immer – Brotkrümel. Irgendwann nahm Maximilian sein Zigarillo aus dem Mund, stieß Albin in die Seite und bewegte seinen Kopf in Richtung Treppenhaus. Torben ging in Begleitung der zwei Polizisten die Treppe hinauf. Die Kruckenberg eierte mit ihrer untersetzten Figur und dem breiten Hintern hinterher.

„Jetzt wird in eurem Zimmer mal wieder ordentlich aufgeräumt", sagte Albin zu Maximilian und grinste schadenfroh.

Der reagierte erst nicht, warf dann aber den Stumpen in den Aschenbecher und hastete so schnell hinterher, wie es ihm mit seinem Bauch möglich war. Albin folgte ihm.

Die Polizisten durchsuchten das Zimmer aufs Genaueste. Der Staatsschützer hob mit seinen knöchernen Fingern die Matratze an. Torben ließ seinen Kopf kreisen, die Wirbel knackten. Mit triumphierendem Blick schwenkte der Staatsschützer ein Handy durch die Luft. Und genau in dem Moment leuchtete das Display kurz auf, was alle sahen, weil sich Wolken vor die Sonne schoben und es im Zimmer dunkel wurde. Frau Kruckenberg warf Torben einen mahnenden Blick zu und schaltete das Licht ein.

„Sie wissen doch, dass Handys bei uns verboten sind."

Der Staatsschützer öffnete die SMS und las laut vor.

die taube
kriegt ihr mutterkorn
bleib noch müller
für dein brot

Er blickte verwundert zu Ritter und reichte ihm das Handy. Ritter zog einen Plastikbeutel aus seinem Aktenkoffer, schob das Handy hinein, zuckte mit seinen nach vorne gebeugten Schultern und räusperte sich. Er versuchte den Versender der SMS zurückzurufen.

„Wurde wohl von einer Website versendet."

Er hielt Torben das Handy hin. „Was hat das zu bedeuten?"

Torben verzog keine Miene.

„Keine Ahnung, was damit gemeint ist. Wahrscheinlich hat jemand eine falsche Nummer eingegeben."

Ritter suchte nach anderen Nachrichten, fand aber keine. Ein leichtes Grinsens huschte über Torbens Gesicht. Er verschränkte die muskulösen Unterarme vor der Brust. Das A.C.A.B. lachte die beiden Staatsdiener hämisch an.

„Hmm. Ich werde das Gerät mitnehmen. Sie können sicher sein, dass wir herausfinden, wer die SMS gesendet hat."

Er fixierte Torben mit strengem Blick, den der erwiderte. Insgeheim bewunderte Albin Torben dafür, den Blicken anderer in jeder Situation standzuhalten zu können.

„Und Sie werden wir auch gleich mitnehmen, um einen Vergleich des Schriftbildes vorzunehmen. Sie malen doch so gerne Hakenkreuze, Herr Ahlers", fügte der Staatsschützer hinzu.

Torben biss wütend die Zähne aufeinander. Aber schon als sie auf dem Weg nach unten waren, schien die Wut in Gelassenheit umzuschlagen. Albin hatte sogar den Eindruck, Torben wäre froh über seine Festnahme.

Zurück in seinem Zimmer, fiel sein Blick auf Gisos Bibel, die unter dem Kopfkissen hervorragte. Er hob das Kissen an und sah das Hakenkreuz, das darauf prangte. Das ist also das Zeichen für Kastration-Peace, dachte Albin.

Münchner Neueste Nachrichten, 9. November 2003

Grundsteinlegung für Jüdisches Zentrum

Das derzeit größte jüdische Projekt in Europa

In München wird heute der Grundstein für die Wiedererrichtung der Münchner Hauptsynagoge und für den Bau des jüdischen Gemeinde- und Kulturzentrums gelegt. Zu dem Festakt werden zahlreiche Persönlichkeiten aus Politik, Wirtschaft und Kultur erwartet.

Die Grundsteinlegung findet auf den Tag genau 65 Jahre nach den Pogromen der so genannten „Reichskristallnacht" statt. Die frühere prächtige Hauptsynagoge war am 9. Juni 1938 auf Geheiß Adolf Hitlers dem Erdboden gleichgemacht worden. Sie befand sich an der Herzog-Max-Straße, nahe der Frauenkirche.

Mit dem Zentrum am St-Jakobs-Platz entstehe das derzeit größte jüdische Projekt in Europa, so Oberbürgermeister Christian Ude. Die jüdische Gemeinde erhalte eine neue Zukunftsperspektive: „Ihr Platz wird im Herzen der Altstadt verankert." Bundespräsident Johannes Rau betonte im Vorfeld: „Wir sind ein Land der Freiheit und der Toleranz."

600 geladene Gäste werden zu den Feierlichkeiten erwartet. Teilnehmen werden unter anderem der Präsident des Zentralrats der Juden in Deutschland Paul Spiegel, der Bayerische

Ministerpräsident Dr. Edmund Stoiber und die 1.Vorsitzende der israelitischen Kultusgemeinde Charlotte Knobloch.
In den kommenden vier Jahren wird in der Stadtmitte für insgesamt 72 Millionen Euro eine neue Heimat für die zweitgrößte deutsche Israelitische Kultusgemeinde entstehen. Dazu gehören ein Neubau der 1938 von den Nazis zerstörten Hauptsynagoge, ein Gemeinde- und Kulturzentrum sowie ein Jüdisches Museum.

Am frühen Morgen klopfte es an Albins Tür. Er rechnete damit, dass Ritter gleich in sein Zimmer treten würde. Stattdessen kam Christina herein, mit verheulten Augen und zerzausten Haaren. Albin sprang aus dem Bett. Ihm wurde kurz schwarz vor Augen. In T-Shirt und Unterhose stand er vor Christina. Noch während er sich anzog, begann sie zu erzählen.

„Albin, ich habe ein ganz komisches Gefühl", sagte sie und streifte seine Schulter mit der Hand. „Eine üble Vorahnung. Ich glaube, Torben steckt da ganz tief in einer Sache drin, aus der er alleine nicht mehr rauskommt. Ihr habt euch nie richtig verstanden ... aber sonst weiß ich keinen, der mir noch helfen könnte. Keine Ahnung, ob du es kannst."

Sie sah ihn bittend an, streifte seinen Unterarm. Albin ging einen Schritt zurück und zog seinen Gürtel zu. Christina setzte sich auf einen Stuhl, kaute an ihren Nägeln und rollte die Haare zu Locken.

„Mit Maximilian habe ich schon geredet, der weiß nichts", fuhr sie fort.

„Wir könnten höchstens mit Sibylle sprechen", sagte Albin nach einer kurzen Pause.

„Hat die nicht Schweigepflicht?"

„Ja, hat sie. Aber um schwere Straftaten zu vermeiden, kann sie davon entbunden werden."

Christina atmete geräuschvoll aus und strich sich durch die Haare.

„Und du konntest auch nicht mehr aus ihm herauskriegen?"

Christina schüttelte den Kopf.

„Gehen wir zu Sibylle", sagte Albin und hastete zur Tür.

Sibylle war nicht in ihrem Zimmer, sondern saß mit Frau Kruckenberg in deren Büro am Schreibtisch. In einer Duftlampe flackerte eine Kerze. Es roch nach Zitronengrasöl. Sibylle rutschte zur Seite, Albin setzte sich Frau Kruckenberg gegenüber. Die hatte einen Bleistift im Mund, auf dem sie nervös herum kaute. Albin wich Kruckenbergs Blick immer wieder aus und starrte auf die Kerze der Duftlampe.

„Torben weiß viel mehr, als er uns verrät", sagte Albin.

„Das denke ich auch", stimmte ihm Sibylle zu. Sie umfasste mit beiden Händen ihre Teetasse. Albin erzählte von den Ereignissen und seinen Eindrücken der letzten Wochen.

„Wir müssen doch irgendetwas tun können. Torben verbaut sich seine ganze Zukunft", sagte Christina.

„Und wird sein ganzes Leben lang von Schuldgefühlen geplagt werden", fügte Albin hinzu.

Schweißperlen standen auf Christinas Stirn. Hilfesuchend sah sie die anderen an.

„Wir fahren in die JVA", beschloss Sibylle kurzerhand und schnappte sich die Schlüssel des VW-Busses, mit dem Albin an seinem ersten Tag vom Bahnhof abgeholt worden war.

Albin stand die nächsten Stunden vor dem Gut und rauchte eine nach der anderen. Irgendwann kamen die Drei zurück, Christina stieg mit gesenktem Kopf in ihr Auto und fuhr, ohne sich zu verabschieden, davon. Auch Sibylle murmelte nur ein „Hallo", als sie an ihm vorüberging. Albin folgte ihr die Treppen hinauf, bis vor ihr Therapie-Zimmer. Er hatte gehofft, sie würde von sich aus erzählen, was geschehen war.

„Und, habt ihr was herausgefunden?"

„Ja, haben wir", druckste Sibylle herum, „setz dich."

Albin ließ sich auf den weichen Stuhl fallen. Im Zimmer roch es nach Sandelholz, obwohl die Duftlampe nicht brannte und das Fenster gekippt war. Sibylle setzte sich ihm gegenüber und verschränkte die Arme vor der Brust.

„Wir konnten mit Torben erst um halb elf sprechen, weil uns die Beamten so lange durchsucht haben. Als er dann kam, hat er uns überhaupt nicht beachtet. Christina hat ihn an den Schultern gepackt und versucht, etwas aus ihm herauszubekommen. Torben hat sich losgerissen und gemeint, dass es schon zu spät sei."

Sibylle legte ihre Hände in den Schoß.

„Er hat an die Decke gestarrt, seine Augen waren ganz verquollen", sie seufzte „untermalt von schwarzen Ringen. Christina hat nicht lockergelassen und immer wieder nachgehakt. Aber Torben ist stur geblieben. Irgendwann konnte sie nicht mehr. Sie hat zu weinen angefangen und seine Hände gestreichelt. Da hat er es mit einer Lüge versucht und gesagt, er weiß nichts. Christina hat ihm gesagt, dass du von den Plänen weißt. Da ist er aufgesprungen und hat geschrien, dass er ihr schon erklärt habe, dass sie ihn töten würden, wenn er etwas erzählte. Christina ist zurückgetaumelt, hat die Arme schützend über den Kopf gehalten und ist zusammengesackt. Aber dann hat sie sich wieder aufgerichtet und ihn angeschrien ob er schon vergessen habe, wie es sei, einen geliebten Menschen zu verlieren?!"

Sibylle stockte. Albin wippte nervös mit dem Fuß.

„Da hat sich etwas in Torbens Gesicht geregt, sogar eine Träne lief über seine Wange. Christina hat ihn geschüttelt und ihn angefleht, dass sie ihn jetzt brauche und nicht erst in fünfzehn Jahren, wenn er wieder aus dem Gefängnis käme. Torben hat erst nicht reagiert, aber dann hat er sich doch geöffnet. Er hat erzählt, dass er schon, als seine Tochter gestorben ist, aussteigen wollte und seitdem für den Verfassungsschutz arbeitet. Zuerst nur wegen des Geldes; davon wollte er ein Haus bauen, weil sich Christina das so gewünscht hatte. Und um eine Schwester für seinen Opa zu finanzieren. Aber wegen seines schlechten Gewissens hat er das Geld dann doch wieder in die Gruppe gesteckt."

„Wie viel?"

„10.000 Euro. Und er hat dem Verfassungsschutz immer nur gesagt, was der Gruppe nicht schaden konnte, so wie es wohl die meisten V-Männer machen."

„Und wir zahlen dafür", sagte Albin wütend.

Sibylle nickte. „Das war um kurz vor elf. Er sagte, dass es eh schon zu spät sei, weil die Bombe um elf explodieren sollte."

Albin biss sich auf die Lippe.

„Dann erzählte er, dass heute der Grundstein für das jüdische Kulturzentrum gelegt wird und dort der Anschlag geplant ist."

Sibylle atmete hörbar aus.

„‚In wenigen Minuten geht eine Bombe hoch', hat er gesagt. Alle sind aufgesprungen."

Albin fuhr sich durch die Haare.

„Christina ist um den Tisch herumgerannt und hat mit den Fäusten auf ihn eingetrommelt und geschrien, dass er ein Terrorist und ein Mörder sei. Irgendwann hat sie aufgehört zu schlagen, hat sich hingesetzt und ihr Gesicht in den Händen vergraben. Und dann hat sie Torben in ihre Arme genommen, der die Hände immer noch über sich gehalten hat. Daraufhin ist er zusammengebrochen und hat seinen Kopf auf ihren Schoß gelegt."

Albin sah zur Seite, aus dem Fenster. Ein Schwarm Schwalben stob aus der Weide auf.

An einem sonnigen Maitag trafen sich Albin und Nina in einem Café. Leute schlenderten vorbei, Kinder schrien, Absätze klackerten auf dem Kopfsteinpflaster. Vor ihnen standen vier leere Kaffeetassen. Nina rief die Bedienung, sie bezahlten und gingen. Völlig unerwartet setzte sich Nina auf eine Bank und streifte ihre Sandalen ab.

„Komm, zieh deine Schuhe aus."

Albin zögerte, sah sich um, setzte sich aber dann doch und zog Turnschuhe und Socken aus. Nina schmunzelte schelmisch. Der Asphalt war rau und warm.

„Lass uns laufen, einfach laufen", sagte sie, griff nach seiner Hand und zog ihn mit sich. „Wer in den Schatten steigt hat verloren", sagte Nina.

Albin hüpfte von Sonnenfleck zu Sonnenfleck und sparte die Schatten aus. Sie kamen in eine Gasse, die auf der einen Seite von einem Haus begrenzt wurde und auf der anderen Seite von einer Mauer. Die Sonne stand mittlerweile tief, er hatte es schwer, sonnige Stellen zu finden. Und doch war er es jetzt, der Nina zog. An einer kniffeligen Stelle spannten sich ihre Arme, weil der Schatten zu groß wurde. Sie taumelten, fielen fast, ohne sich loszulassen, hielten sich immer fester. Nina blieb stehen und betrachtete die Mauer, auf der Farn wuchs. Stellenweise war der Putz abgefallen und die Backsteine darunter zu sehen. Sie löste ihre Hand. Ein Stich fuhr in Albins Magen.

„Klettern wir drüber", sagte sie und warf ihre Schuhe über die Mauer. Wie ein kleines Mädchen zog sie sich nach oben, stieß mit ihrem Kopf an Äste und Blätter.

„Aber ..."

Noch bevor Albin seinen Satz zu Ende sprechen konnte, war Nina verschwunden.

„Komm schon", hörte er sie von der anderen Seite.

Albin sah nach links und nach rechts, rief: „Vorsicht, Schuhe!", warf seine Schuhe über die Mauer, nahm Anlauf und zog sich hoch. Er sprang in einen kleinen, verwilderten Garten mit einer wackeligen Bretterlaube, die stellenweise notdürftig vernagelt war. In der Mitte stand ein Apfelbaum, von dem Ninas Beine baumelten. Albin ging zu dem Baum und hangelte sich nach oben.

Herzlichen Dank

An ***Julie****, für die Zeit und Geduld die sie mir geschenkt und die hilfreichen Tipps, die sie mir gegeben hat.*

Ganz besonders an ***Companiero Matthias Kröner*** *und* ***Hanne Mausfeld****. Aber auch an* ***Leonhard M. Seidl*** *und* ***Dirk Stolzenberger****. An* ***Ingrid Seidl*** *und* ***Benny*** *für die Rückmeldungen. Und natürlich an* ***Simone Barrientos*** *und* ***Lotte Dishur****, meiner glücklicherweise unbarmherzigen Lektorin mit dem tödlichen Rotstift. Sowie an* ***Claus Fussek*** *für die Anregungen und an alle* ***solidarischen KollegInnen, FreundInnen und Bekannte*** *die es glücklicherweise immer noch gibt! Mein Dank gilt auch Erika Kindler, meiner ehemaligen Lehrerin; sie hat das Korrektorat durchgeführt.*

KULTURMASCHINEN

Kulturmaschinen
Sachbuchprogramm
(ein Auszug)

Robert Steigerwald
Werke in 4 Bänden

Unten, wo das bürgerliche Leben ... ISBN 978-3-940274-10-6, 16,80 €
Des Pudels Kern ISBN 978-3-940274-11-3, 14,80 €
So steht‘s nicht im Geschichtsbuch ISBN 978-3-940274-12-0, 14,80 €
Marxiismus-Probleme ISBN 978-3-940274-33-5, 16,80 €

Werner Seppmann

Krise ohne Widerstand, ISBN 978-3-940274-36-6 13,80 €
Die verleugnete Klasse, ISBN 978-3-940274-29-8, 16,80

Heinrich von der Haar

Kinderarbeit in Deutschland
Ein Standardwerk zur Situation von
Kindern in der Arbeitswelt.
Vom Kaiserreich bis heute
SBN 978-3-940274-26-7
16,80 €

Kulturmaschinen
Belletristik-Programm
(ein Auszug)

Alban Nikolai Herbst

Azreds Buch, Kurzgeschichten
ISBN 978-3-940274-25-0, 16,80 €

Die Fenster von Sainte Chapelle
Eine Reiseerzählung
ISBN 978-3-940274-34-2, 14,90 €

Selzers Singen, Kurzgeschichten
ISBN 978-3-940274-17-5, 12,80 €

Peter H. Gogolin

Leonhard F. Seidl: Mutterkorn
ISBN 978-3-940274-37-3

Lektorat: Lotte Dishur

1. Auflage / 1. Lot

Kulturmaschinen Verlag
Wilhelmstraße 119 b, 10963 Berlin

Druck: Sowa Sp. z o.o.
ul. Hrubieszowska 6a
01-209 Warszawa
Polen

www.kulturmaschinen.de